KB190049

괜찮아, 수고했어

괜찮아, 수고했어

박종휘 소설

도화

목차

작가의 말

휴머니즘, 처음으로 돌아가다

오랫동안 옳고 그름, 좋은 사람과 나쁜 사람은 확연히 구분되는 것으로 알고 살아왔습니다. 그런데 글을 쓰면서 등장인물들의 내면을 이쪽저쪽으로 조명하다 보니 달리 보였습니다. 나쁜 사람이거니 여기던 사람도 나름의 사연이 있었습니다. 아버지도 그중 하나였습니다. 어머니와 아버지는 애초에 밭 한 뙈기 없는 살림으로 시작해 무척이나 곤궁하게 살면서도 자식을 여덟이나 낳았습니다. 가난한 살림에 그 많은 자식을 키우기가 얼마나 힘들었을까요.

어머니는 농사일뿐만 아니라 품삯 일이며 행상 등 안 해본 일이 없는데 아버지는 늘 팔자 좋은 한량이었습니다. 술 마시고 집에 늦게 들어오셔서 어머니와 싸우시던 모습만 생생합니다. 아이들은 울며불며 싸움을 말렸고 어머니는 싸움 후 앓아눕기도 했습니다. 그래서 아버지는 나쁜 사람이라고 단정 짓고 늘 미워하며 살았습니다.

그런데 뒤늦게 이미 오래전 고인이 되신 아버지를 떠올리면서 미처 생각지 못했던 일들이 가슴에 스며들었습니다. 아버지가 그 누구보다도 순수하셨고 어머니를 많이 사랑하셨다는 느낌이었습니다. 싸움이 잦았던 이유는 매사 서로 다른 주장 때문이었으며 타협을 모르는 어머니의 고집도 불씨가 되었던 것입니다. 돌이켜보니 요란하게 싸우고 난 다음 날 눈떠 보면 어머니와 아버지는 부엌에서 같이 아침밥을 짓고 있었고, 겨울이면 새벽에 아버지가 먼저 일어나 큰 가마솥에 물을 가득 데워놓고 어머니를 깨우곤 하셨습니다. 그런데 어린아이들의 눈에는 한쪽 면만 보였던 것이지요.

이 세상에 '나'만큼 소중한 것은 없습니다. 내가 없다면 우주 만물의 존재에 아무런 의미가 없습니다. 그런 저마다의 삶을 타인의 관점에서 옳다 그르다 쉽게 재단할 수 없는 이유도 거기에 있습니다. 이런 '나'를 비롯한 모든 인간의 가치에 대해 생각해보고 치열하게 전개되는 각자의 삶을 들여다보게 됩니다. 선을 그어 명확하게 구분할 수는 없지만 어디까지를 양심의 경계로 삼아야 할지도 깊이 고뇌해봐야 합니다.

장편소설만 써오다가 휴머니즘에 바탕을 둔 단편소설을 조금씩 써서 발표했습니다. 외면할 수 없는 가족애와 인간의 본성을 다루고자 노력했던 것 같습니다. 초심으로 돌아가 그동안 여러 문학지에 실었던 작품들을 한 묶음의 소설집 『괜찮아, 수고했어』로 발간합니다. 평범해 보이지만 감정을 억누른 채 자신만의 가슴앓이를 안고 발버둥을 치며 사는 사람, 신의와 배신과 현실 사이에서 갈등하는 사람, 삶의 어려움을 숙명처럼 받아들이며 살아가는 사람들의 이야기를 담았습니다.

좋은 책으로 출간해주신 도화 출판사 관계자께 깊은 고마움을 전하며, 부족한 글에 아름다운 언어로 해설을 써주신 유성호 교수님께 머리 숙여 감사드립니다. 오늘의 '나'를 있게 해준 가족들, 고맙고 사랑합니다.

2024년 초가을

박종휘

두 남자

1

뜰에 나와 서성거리던 어머니가 한길 끝 산모퉁이를 안 보는 척 연신 바라본다.

"때 되면 다 와, 엄마."

눈이 감기도록 멋쩍은 웃음을 지으며 안으로 들어가는 어머니의 등이 유난히도 구부정하다. 생일상보다 딸 만나는 게 우선인 어머니의 조바심을 빤히 아는 나는 하루 앞당겨 어젯밤에 내려왔다. 두 동생은 저녁나절이나 되어야 도착할 것이다.

텃밭에서 뜯은 취나물을 삶아놓고 마당의 풀이라도 맬 요량으로 호미를 들고나오는데 택시 한 대가 들어섰다. 생각보다 이른 시간이다. 뒷좌석에 보이는 두 사람 중 하나는 선화이고 다른 하나는 모르는 얼굴이다. 묶음 머리를 해서 여자인지 남자인지 구분하기 어렵다. 예상치 못한 상황에 막내를 반갑게 맞이할 겨를이 없다. 짧은 파마머리에 노란 원피스로 한껏 멋을 부린 선화를 따라 내리는 사람은 남자였다. 서낭당 장승처럼 바짝 마른 체구에 콧수염이 너저분하고 고무줄로 묶은 머리는 어수선하기 짝이 없다. 별말 없는 것으로 보아 뭔가 일을 해주려고 함께 온 기술자도 아니다.

누군지 몰라 어정쩡하게 서 있는데 선화는 큰언니! 하고 부를 뿐 소개조차 하려 들지 않는다. 그러더니 나는 안중에도 없이 남자랑 나란히 계단으로 올라섰다. 어머니는 대번에 이마에 골 깊은 주름을 그렸다. 차에서 내릴 때 이미 누구인지 감을 잡은 것이다. 남자는 선화가 주방으로 간 사이 어머니와 눈이 마주치자 뻣뻣하게 서서 고개만 까딱했다. 이쯤 되면 어머니가 뭐라 마땅찮은 내색을 한들 집주인의 괜한 행세랄 수 없다.

"어떻게 되는 양반이래유?"

"같은 회사 다닙니다."

"그런디, 여기까지는 어떻게 왔대유?"

어머니는 남자가 대답하기도 전에 몸을 돌려 물병을 들고나오는 선화를 바라보았다.

"응, 엄마. 버스로 왔어. 공주에서 내려 공산성 한 바퀴 돌고 택시 타고 온 거고."

어머니의 말뜻을 모를 리 없으련만 선화는 웃지도 않고 딴소리다. 주위를 의식하지 않기는 남자도 마찬가지여서 거실 밖을 내다보며 앞이 트여 시원하다느니 집 구도가 좋다느니 하더니만 자신은 풍수를 좀 안다면서 위치가 아주 좋고 마당에 들어서는 느낌이 훈훈해 가족이 화목하게 되어 있다고, 시키지도 않는 말을 늘어놓았다. 반응이 없자 이 사람 저 사람 둘러보면서 도자기도 결국 선과 음양의 예술이라고 풍수와 억지 연관을 지었다. 한마디로 자기도취가 도를 넘는 사람이다.

눈치가 삼단인 어머니는 어이없는 표정으로 서 있다가 방으로 들어가 문을 닫아 버렸다. 내가 따라 들어가자 베지도 않을 베개를 꺼내면서 혀를 찼다.

"넌 알고 있었어?"

"몰라, 나도 처음 보는 사람이야."

"윤 씨는 얻다 두고 또 엄한 남자랴."

사람 보는 눈이 정확한 어머니의 마음이 고스란히 느껴졌다. 내막이야 어떻든 첫인사 자리에 아무렇게나 걸치고 나타난다는 것 자체가 예의에 어긋날뿐더러 행동거지 또한 품위라고는 찾아볼 데가 없다. 이제껏 데리고 다니던 윤 씨에 관해서는 말 한마디 없이 엉뚱한 작자를 데리고 나타난 것이다. 가까이 보니 얼굴은 흡사 일본원숭이처럼 작고 붉은 데다가 광대뼈가 볼 밖으로 튀어나올 만큼 살이 없어 나이를 가늠할 수조차 없다.

점심을 걸러 우선 요기부터 해야겠다며 작은 밥상을 차려온 선화가 반찬마다 고춧가루를 털어 건네주자 마지못한 듯 받아먹고, 밥도 젓가락으로 밥알을 세는 것처럼 깔짝거렸다. 선화는 내 눈치를 흘깃 보더니 매운 것을 못 먹는다고 씩 웃고는 고춧가루 묻은 손가락을 쪽쪽 빨았다. 그래도 지난번 연이어 혼자 왔을 때보다 표정이 밝아진 건 분명했다. 대충 이해하고 넘어가 주길 바라는 심정도 모르는 바는 아니지만 누군가를 집에 데리고 올 계획이었으면 최소한의 예의는 지켜야 할 것 아닌가.

해 질 녘에 도착한 채화 내외도 어리둥절하기는 마찬가

지였다.

“저 남자는 어떻게 온 거래?”

“버스 타고 왔댜.”

어머니는 웃지도 않으면서 볼멘소리로 대답했다. 이때부터 선화가 새로 데려온 남자는 ‘버스’로 통했다. 선화는 주변 시선에 아랑곳하지 않고 일찌감치 방 하나를 차지해 짐을 풀었다. ‘버스’는 낄 자리 빠질 자리 분간을 못 하고 자매들의 얘기에 끼어들었다. 그렇다고 불청객 하나 때문에 모처럼의 만남을 맨송맨송하게 보낼 수는 없다.

저녁을 먹은 후 마당 귀퉁이에 자리 잡은 벽 없는 아궁이의 가마솥에 물을 가득 붓고 땔감을 태우기 시작했다. 아궁이는 붉은 기운을 뿜어내며 활활 타올랐다. 주변은 금세 오랜만에 만난 자매들이 이런저런 속사정을 털어놓는 정겨운 자리가 되었다. ‘버스’는 말끝마다 “저 사람은 말이에요.” 하면서 선화의 남자임을 과시하더니 자신만 아는 도자기 얘기를 늘어놓았다. 처음 보는 채화 남편에게 형님 소리를 잘도 해댄다.

분위기 파악을 못 하는 건 선화도 마찬가지였다. 연신 자기야! 자기야! 하면서 콧소리를 내 부르는가 하면 ‘버스’

가 무슨 말을 할 때마다 민망하리만큼 호들갑스러운 반응을 보였다. 보아하니 선화가 다니던 회사에서 어정쩡하게 납품 일을 하다가 지금은 그만둔 상태이고 간혹 도자기를 만드는, 자칭 도예가이자 대충 놀고먹는 사람인 듯싶었다.

채화 남편과 '버스'가 땔감을 가지러 간 사이 선화에게 지금 같이 살고 있냐고 물었더니 그렇지는 않고 가끔 집에 온다고 했다.

"윤 씨 아저씨는? 이사 갔어?"

채화가 나를 대신해 정곡을 찔렀다. 선화는 내키지 않는 말투로 그냥 그 집에 살고 있다고 짧게 대답했다. 채화는 포기하지 않았다.

"완전히 헤어진 거야?"

"그런 셈이지 뭐. 그래도 만나면 인사는 해."

"저 사람을 집까지 데려올 거면 누구한테든 귀띔이라도 했어야지."

남자들이 나타나는 바람에 말을 더 이어가진 못했다. 조금 늦게 합석한 어머니는 가마솥 불에 얼굴이 더 벌게진 '버스'가 말을 걸어올 때마다 존댓말을 사용함으로써 달갑잖은 속내를 드러냈다.

2

선화의 성품은 원래 지금과는 사뭇 달랐다. 눈도 높았고 매사에 자신감이 넘쳤었다. 다소 걸걸한 목소리와 달리 애교가 많아 어머니와 아버지의 사랑을 독차지했으며 사람을 다루는 재주도 남달라 주변 남자들의 관심을 끌어모았었다. 그러나 그 모든 게 좋은 것만은 아니었다. 두 언니가 결혼도 하기 전에 여섯 살이나 많은 남자를 데려와 인사를 시키더니 얼마 지나지 않아 결혼 승낙을 요청했다. 부모님은 그럴 수밖에 없는 이유가 있을 것으로 여겼는지 예상과 다르게 선선히 결혼을 허락했다.

제부인 장 서방은 선화가 푹 빠져들 만큼 인물이 출중하고 체격도 좋았다. 직장도 탄탄했고 성격도 활달했으며 무엇보다 선화를 끔찍이도 위했다. 도시와 농촌 생활을 겸할 수 있는 수원 외곽에 신혼집을 마련하고 살면서 아이도 셋이나 낳았다. 그러던 선화의 인생에 예기치 않은 시련이 닥쳤다. 장 서방 나이 마흔도 되기 전에 친구들과 간 야생 멧돼지 사냥에서 크고 거친 놈을 만나 목을 다쳤는데 입원

한 달 만에 병원에서 세상을 뜨고 만 것이다. 가족들은 세상 물정 모르고 남편에게 사랑만 받으면서 살아온 선화를 크게 걱정했다.

하지만 염려했던 것과 달리 선화는 세 아이를 키우며 꿋꿋하게 견뎌냈었다. 그러다 언젠가부터 때늦은 외로움을 타기 시작했다. 말수도 적어지고 때론 술을 마시며 훌쩍이기도 했다. 예전의 자신감이 넘치던 모습은 찾아볼 수가 없었다. 다른 남자를 만나보는 게 어떻겠냐고 넌지시 떠보면 나이 먹고 자식 셋 딸린 과부를 누가 거들떠보기라도 하겠냐며 한탄만 했다. 아닌 게 아니라 선을 한 번 본 적이 있는데 남자 쪽에서 먼저 거절했다. 가족들은 안타까운 마음으로 지켜보고 있을 수밖에 없었다.

어느 날 선화는 같은 마을에 산다는 윤 씨를 시골집에 데려왔다. 장 서방과도 알고 지내던 사이이고, 농사를 지으면서 인근 공장으로 일을 나간다고 했다. 정확한 나이를 물어본 적은 없으나 어림잡아 선화보다 열 살은 많은 것 같았다. 홀아비가 된 사연은 묻지도 말하지도 않았다. 뭐로 보든 장 서방보다 뒤떨어진 데다 나이가 많아 처음부터 탐탁했던 건 아니지만 갈수록 믿음직스러웠다. 과묵하면서 못 하는 일이 없고 부지런하기가 이를 데 없었다. 시골 집에 오면 잠시도 쉬는 법 없이 알아서 밭을 갈고 풀을 깎았다. 나무 가지치기는 물론 묘목을 가져와 뒷밭에 심기도 했다. 가족 모두는 그를 좋아했다. 생각하기에 따라서는 선화와 안성맞춤인 구석도 있었다. 그도 자식이 둘이고 선화도 셋이나 되기 때문에, 결혼식이니 혼인신고니 번잡 떨 것 없이 그냥 정으로 사는 것도 좋을 듯싶었다.

윤 씨는 점차 선화와 아이들이 장 서방 산소에 갈 때도 같이 갈 만큼 모든 일에 스스럼이 없었고 사위 노릇에 아들 역할까지 무엇 하나 마다하지 않았다. 그러다가 언젠가 윤 씨는 일 때문에 같이 오지 못했다며 선화 혼자 오더니 그 후로 계속 집에 나타나지 않았다. 그때마다 안부를 물었으나 별일 아닌 듯 대답하곤 해서 잠시 그럴 수도 있으려니 했었다.

어쨌거나 어머니 생신은 '버스'와의 상견례 자리가 되어 버렸고, 이후 싫든 좋든 집에 올 때마다 같이 나타나는 그를 맞이해야만 했다. 오래지 않아 선화네 집에 들어와 산다는 말까지 들렸으나 가족들은 뭐라 말할 수 없었다. 그렇지만 '버스'에 대한 느낌은 여전했다. 그도 그럴 것이 계속 반백수인 데다 예의 없고 눈치 없는 태도 또한 변할 줄을 몰랐기 때문이다.

3

'버스'를 집으로 데려온 지 일 년 반쯤 지난 어느 날이다. 선화가 울며불며 전화를 걸어왔다. '버스'가 둘째에게 야단을 쳤다기에 좀 너그럽게 대하라고 한 것이 빌미가 돼 싸우다가 손찌검까지 당했다는 것이다. 듣는 순간 억장이 무너졌다. 빌붙어 사는 주제에 남편 행세, 아비 노릇에 손찌검까지 한다니, 말 그대로 잡놈이었다. 당장 쫓아가 멱살이라도 잡고 싶었다. 전화통에 대고 그러게 처음부터 뭐하러 그런 놈을 끌어들였느냐며 이제라도 당장 헤어지라고 소리 질렀다.

며칠이나 속을 끓이다가 아무래도 이대로 넘어갈 일은 아니라는 생각에 선화네 집으로 찾아갔다. 선화는 언제 그랬느냐는 듯 환한 얼굴로 맞이했다. 오히려 내 표정을 보고는 무슨 일이라도 있느냐고 묻기까지 했다. 거실 소파에 드러누워 있던 '버스'가 굼뜬 자세로 일어나 처형 오셨느냐고 인사말을 했다. 그의 태도는 가뜩이나 언짢았던 심사를 한껏 부추겼다. 처형은 무슨, 내가 언제부터 네놈 처형이었느냐고 퍼붓고 싶은 것을 간신히 참았다.

"내가 할 말이 좀 있어서 왔어요."

정색한 얼굴만큼이나 목소리 또한 차갑게 나올 수밖에 없었다.

"거북하시면 저는 좀 나가 있을까요?"

눈치 없기로 둘째가라면 서운할 인간이 오늘따라 엉뚱한 배려를 하려 들었다.

"선화가 아니라 그쪽한테 하고 싶은 말이 있어요."

'버스'는 뭔가 예감이 좋지 않은지 엉거주춤 자세를 고쳐 앉았다. 그때 '버스'에게 야단맞았다는 주영이가 제 방에서 나왔다. 나를 보고 바로 고개 숙여 눈인사만 하더니 '버스'를 향해 허락을 받듯 친구 만나러 다녀오겠다고 했다.

"나쁜 일만 아니면 뭐든 하고 싶은 대로 하고 놀아라. 지금 안 놀면 언제 노냐?"

주영이가 예, 하면서 신발을 신자 손을 흔들어 보이며 다시 말을 잇는다.

“도움이 필요할 때는 무슨 일이든 눈치 볼 것 없이 말하고.”

뭐라도 되는 것처럼 행세하는 꼴이 어이없었지만, ‘버스’의 말치고는 뜻밖의 다정한 말이었다. 주영이도 밝게 웃으면서 손을 흔들어 보이고 나갔다. 둘이서 어떤 관계로 지내든 거처를 하나로 사용하는 것은 자식 교육에 좋지 않다는 말을 시작으로 호된 충고를 하려던 나는 예상 밖의 상황에 말을 꺼내기가 껄끄러웠다. 그렇다고 없었던 일로 할 수는 없는 노릇이다.

“며칠 전에 주영이를 야단쳤다면서요?”

‘버스’가 찡그리면서 주방에 있는 선화를 쳐다봤다. 선화는 일부러 그러는지 주방 일 때문인지 이쪽 일에 관심을 두지 않고 하던 일만 계속했다.

“공원에서 친구들하고 담배를 피우고 있어서 야단 좀 쳤습니다. 다른 건 다 해도 되지만 담배만큼은 절대 안 됩니다.”

“그 일로 둘이 싸움까지 했어요?”

“저 사람은 도대체 아들 하는 일에는 아무 참견도 안 한다 아닙니까. 그래서 옥신각신 좀 했습니다.”

"옥신각신이 아니라 손찌검까지 했다면서요."

"손찌검이야 백번 잘못했지만 저 사람도 야단을 맞을 땐 맞아야지요. 애가 담배 사 달라면 사다 주겠더라고요."

"야단요? 그쪽이 뭔데 내 동생 야단을 치고 손찌검까지 한다는 겁니까? 아닌 말로 주영이가 내 동생 자식인데 그쪽이 뭔 상관이냐고요?"

얼굴색이 싹 변한 '버스'는 아무 대꾸도 하지 않고 있다가 벌떡 일어나 겉옷을 챙겨 들었다. 그러고는 주제넘어 죄송하다면서 밖으로 휙 나가버렸다. 모른 척 음식만 만들고 있던 선화가 떨떠름한 표정을 지으며 다가왔다. 닦지 않은 손에서 물방울이 뚝뚝 떨어졌다.

"그 일로 며칠째 사과하다가 오늘 막걸리 한잔하자고 해서 조금 일찍 왔던 거야."

"그런 꼴을 당하고도 막걸리를 함께 먹어? 너 그 대단하던 자존심은 다 어디다 갖다 버렸냐?"

말을 하다 보니 목소리가 울컥해지고 말았다. 선화는 그냥 서 있기만 했다. 흐트러진 감정에 더는 말을 하지 못하고 일어서면서 버스정류장까지 나가자고 했다.

선화는 두어 발자국 거리를 두고 불편한 걸음을 떼었다.

나는 일부러 다가가 팔짱을 끼고 아버지도 같은 말을 했을 거라며 '버스'와 헤어지라고 조심스럽게 타일렀다. 채화에게 들은 대로 '버스'가 결핵 환자가 맞느냐고도 물었다. 듣고만 있던 선화가 팔을 빼더니 딱딱한 표정으로 나를 쳐다봤다.

"채화 언니가 그래? 그런 적이 있었다는 얘기지 지금 그렇다는 게 아니야."

"그건 그렇다 쳐도 예전에 윤 씨는 집으로 들어와 살지는 않았잖아. 좁아터진 집에 저렇게 들어와 버티고 있으면 애들이 어떻게 맘 놓고 뛰어놀겠어. 안 그래?"

"애들이 생각만큼 싫어하진 않아. 나쁜 사람도 아니고."

"그나저나 저 사람 나이나 좀 알자. 아직 나이도 모르잖아?"

"……나이는 조금 어려."

선화는 주춤거리다가 털어놓듯 말했다.

"너보다 어려? 몇 살이나?"

"……일곱 살."

"일곱 살 아래라고? 그런데 얼굴이 저 모양이야? 너한테 하는 말투도 그렇고?"

나는 잠시 할 말을 찾지 못했다.

"언니, 그래도 저 사람한테는 내가 전부야. 그리고 나도 혼자는 못 살겠어."

선화가 말 나온 김에 마저 하겠다는 식으로 선언했다.

"그럼 이제라도 윤 씨 아저씨랑 살아. 사람도 좋고 가족들이 다 인정하잖아."

"누가 그걸 몰라? 그런데 나랑은 성격이 안 맞아."

"백수에 손찌검까지 하는 저 인간보다는 백배 나아, 이것아."

그 말을 끝으로 버스가 올 때까지 서로 입을 다물었다. 돌아오는 내내 혼자는 못 살겠다며 울먹거리던 모습이 가슴을 짓눌렀다.

4

답답한 마음에 채화를 찾아갔다. 채화는 아이들도 학원 갔다가 늦게야 온다며 반가워했다. 차를 내려놓고는 내가 말을 꺼내기도 전에 먼저 선화의 전화를 받았다는 말을 했다. '버스'가 결핵을 앓은 적이 있다고 했지 언제 지금도 그렇다고 했느냐며 따지더라는 것이다. 그 밖에 내가 했던 말에 대해서도 오로지 서운하다고만 하면서 자기 일은 자기가 알아서 할 테니 참견들 말라 했다며 한숨을 쉬었다. 내게 드러내지 못한 속내를 채화를 통해 밝힌 것이다.

"쉽게 떨어질 것 같지도 않더라. 나중엔 위자료 줘가며 떼려고 해도 안 떨어질걸? 그리고 무엇보다도 선화가 그러려고 하질 않아."

"혼자 사는 데 지쳤나 봐."

"더 기가 막힌 얘기가 뭔 줄 아냐?"

'버스'의 나이에 관한 말을 들은 채화는 그렇게나 어린놈이 손찌검까지 해대면서 선화를 아랫사람 다루듯 했다는 말이냐며 나보다 더 분해했다.

"둘이서 정말로 사랑하고 있는 건 아닌가 하는 생각도 들더라니까."

"언니, 사랑의 기본은 존중이야. 그 낯 두꺼운 태도는 사랑과는 거리가 멀어. 거두절미하고 그자를 하루라도 빨리 쫓아내야 해."

"무슨 수로?"

"나한테 아이디어가 하나 있긴 한데……."

'버스'에 관한 생각이 나랑 같은 데다가 아이디어까지 있다는 말에 귀가 번쩍 뜨였다.

"뭔데?"

호기심을 보이자 채화는 내 앞에 바싹 다가앉았다.

"언니, 이이제이以夷制夷라는 말 알지?"

"적으로 다른 적을 제거한다는 말 아냐?"

"맞아, 이건 좀 다른 경우겠지만 다른 남자를 동원하는 거야."

단번에 윤 씨 이야기구나 싶어 그 사람도 배알이 있는데 우리가 원하는 대로 해주겠냐고 시답잖게 되물었다. 채화는 윤 씨가 아직도 혼자인데 '버스'가 선화네 집에 드나드는 꼴을 볼 때마다 기분이 어땠겠냐며 뒤집혔던 속을 풀기 위해서라도 협조할 거라고 자신감을 보였다. 듣고 보니 딴은 그럴듯했다. 우선 돌아오는 어머니 생신날 윤 씨를 초대해 온 가족이 그를 크게 환영하는 것을 보여줌으로써 '버스'가 제풀에 포기하도록 만들자는 것이었다. 뭐로 보든 윤 씨가 밀릴 리도 없고, 천군만마 같은 가족들의 후원을 곁들이면 결과는 따 놓은 당상이라는 얘기다. 게다가 2단계와 3단계까지 비상대책도 생각해둔 게 있다며 들려줬다. 채화의 계획은 뜻밖에 용의주도했으며 나를 설득하고도 남았다.

"좋아, 그럼 2단계는 엄마 몫이고 3단계 고양이 방울은 누가 달아? 너야, 나야?"

"결자해지지 뭐."

"그 말은 네가 하겠다는 뜻인 거지?"

"응, 선화한테 고자질해 자매간에 싸움 붙이는 치사한 짓은 하지 말라고 전제하면서 내가 단도직입적으로 말할게."

"설득력 있고 거절할 수 없는 한마디라야 해."

"가족 모두의 결정이니까 앞으로 선화와 인연을 끊어달라고 할게."

채화의 말은 내 걱정을 일격에 날려주었으며 그렇게까지 준비했다는 사실이 대견스러웠다.

5

며칠 후 선화네 집으로 가는 길을 어슬렁거리다가 우연을 가장해 윤 씨를 만났다. 이런저런 농사 얘기 끝에 넌지시 선화 이야기를 꺼냈더니 일순간 하던 말을 중단하고 귀를 기울였다. 선화에 관한 관심은 여전하다는 증거다.

“두 사람 어떻게 된 거예요?”

“저는 똑같습니다. 선화가 문제지요.”

윤 씨는 은연중 서운함을 토로했다.

“그럼 이제라도 선화가 마음만 고쳐먹으면 되는 거네요?”

윤 씨는 내 말의 의도가 무엇인지 몰라 한참을 땅만 보다가 고개를 천천히 들었다.

“남자 친구도 있는 거로 아는데요.”

“그건 윤 사장님이 너무 쉽게 등을 돌리니까 그렇게 된 거죠.”

이어 그 나이에 왜 마음 여린 선화 하나 휘어잡지 못했느냐고 핀잔을 준 다음, 여러 말 할 것 없이 어머니가 보고 싶어 하니 돌아오는 생신날 꼭 오라고 했다. 덧붙여 시골에 온 김에 제초며 나무 가지치기까지 해 달라고 부탁했다. 이 정도면 진의가 뭔지 더 설명하지 않아도 충분히 알아들었을 것이다. 윤 씨는 선화가 어떻게 나올지 염려되는지 선뜻 대답을 못 하다가 결국 초대에 응했다. 나는 크게 반기면서 나머지는 온 가족이 알아서 하겠다며 뭔가 계획이 서 있음을 암시했다. 윤 씨 초대는 일단 성공적으로 끝난 셈이다. 어머니에게도 이런저런 작전을 귀띔하며 협조를 구했더니 특유의 너털웃음으로 대답을 대신했다.

6

마침내 어머니 생신이 돌아왔다. 채화 남편은 중국에 출장 중이라 올 수가 없다고 미리 양해를 구했다. 선화에게는 음식 준비에 관한 얘길 하면서 서둘러 오라고 당부했다. 작전을 세운 당사자인 채화는 일찌감치 와 있었고 선화와 '버스'도 제시간에 도착했다. 어머니가 '버스'를 보면서 좋다 싫다 내색하지 않고 평소처럼 맞이하고 있는데 윤 씨의 화물차가 마당으로 들어왔다. 전기톱과 제초기가 담겨 있는 누런 상자도 묶여 있었다.

어머니가 제일 먼저 다가가 양손을 잡아 흔들며 반갑게 맞이했다. 그동안 어떻게 얼굴도 안 보여줬냐며 등을 어루만져주기까지 했다. 윤 씨는 예나 지금이나 말수가 적었다. 자신이 올 자리는 아닌 거 같았지만 어머님이 보고 싶어 한다는 두 분 처형의 말을 듣고 초대에 응했다고 느릿느릿 인사말을 했다. 윤 씨의 입에서 '두 분 처형'이라는 말이 나오자 '버스'는 잔디밭을 밟고 있는 발 한 짝을 빙 돌리며 딴전을 부렸다.

"내가 사는 집인데 올 자리 안 올 자리 따질 덴가 뭐? 잘 왔어."

누가 봐도 '버스'와는 비교할 수 없을 만큼 자연스럽고 다정한 사이였다. '버스'는 삐딱한 자세로 서 있다가 몸뚱이가 발을 끌고 가듯 천천히 윤 씨를 향해 걸어갔다. 어머니를 비롯한 모두는 긴장된 시선으로 둘을 지켜봤다.

"먼 길 오시느라 고생 많이 하셨습니다."

'버스'는 마치 집주인이라도 되는 듯한 인사말을 건넸다.

"말씀은 들었습니다."

윤 씨도 얼떨결에 인사를 하고 돌하르방처럼 무표정하게 서 있기만 했다. 두 남자의 대면은 싱겁게 끝이 났고 당황해하던 선화의 얼굴에는 재미있다는 웃음까지 비쳤다.

윤 씨가 어색한 자리를 벗어나 화물칸에서 짐을 내리기 시작했다. 모두 평상에 자리를 잡자 '버스'가 발을 꼬고 앉아 선화에게 뭔가를 가져오라고 했다. 선화가 들고 온 보따리 안에는 도자기 그릇 세 개가 들어 있었다. 곡선의 간결함이나 푸른빛이 은은하게 감도는 채색 등이 얼핏 봐도 꽤 고급스러웠다. '버스'가 자신이 직접 만든 거라며 하나를 들어 먼저 어머니 앞에 놓았다.

"도예가라더니 정말 맞네."

내가 감탄한 듯 말하자 선화는 괜한 헛소린 줄 알았느냐면서 입을 귀에 걸고 모두의 반응을 살폈다. 채화도 뚜껑까지 있어 다용도로 쓰기 좋고 예술품처럼 멋지다고 칭찬했다. 어쨌거나 직접 만들어 가져왔다니 정성이 갸륵하긴 했다. 윤 씨는 원래 말이 없는 사람이라 그런지 가만히 있어도 그리 이상해 보이지는 않았다.

신바람이 난 '버스'가 도자기 만드는 순서 얘기를 꺼내면서 수다를 늘어놓기 시작하는 것으로 보아 두 사람을 부딪치게 만든 작전은 별로 효과가 없어 보였다. 잠시 얘기가 끊어지자 윤 씨가 상의를 벗어 평상에 올려놓고 제초기와 전기톱 작업을 준비했다. 나는 어머니에게 눈을 찡긋하고 채화와 함께 뒷밭으로 올라갔다. 어머니는 윤 씨를 향해 집이 훤해지겠다면서 유난히 호탕하게 웃었다. 그러고는 머쓱해하고 있는 선화와 '버스'에게 가까이 오라는 손짓을 했다.

"니들 먹이려고 사다 놓은 토종닭인디 좀 잡아라. 솥도 깨끗이 헹구고."

어머니가 다정하게 말하면서 가리키는 평상 뒤쪽에는 커다란 닭 한 마리가 기둥에 발을 묶인 채 멀뚱거리고 있었다.

"엄마, 나 닭 못 잡아."

"누가 너 보고 하랬냐? 너는 가마솥이나 헹궈."

어머니는 그 말을 끝으로 집 안으로 들어갔다. 누가 들어도 다들 일하는 동안 '버스'는 닭 잡고 선화는 가마솥에 불 피우라는 얘기였다. 자리를 떠나지 못하는 선화가 흘끔흘끔 윤 씨를 바라봤다. 닭 잡는 일을 부탁하려는 것이 분명했다. 그때 입을 굳게 다물고 있던 '버스'가 자리를 박차고 일어서 팔소매를 걷어붙였다.

"까짓것 잡아보지 뭐. 왜? 내가 닭 하나 못 잡을까 봐 그래?"

"자기가 할 수 있겠어?"

선화가 눈을 휘둥그레 뜨고 물었다.

"남자가 싫은 일도 할 줄 알아야지. 걱정 말고 칼이나 가져와."

'버스'는 평상 기둥에 묶여 똥그란 눈으로 노려보고 있는 씨암탉을 마주봤다. 닭은 겁이라고는 전혀 없어 보였다. 되레 죽일 테면 어디 죽여보라며 대드는 것만 같았다. 선화가 한참 만에 길쭉한 칼을 가지고 왔다.

"내가 알아서 할 테니까 가서 할 일이나 해."

뜻밖의 큰소리에 선화는 자꾸 뒤돌아보며 가마솥을 향해 가고, '버스'는 얼굴을 멀리하면서 팔을 뻗어 닭 날개를 움켜잡았다. 한쪽 날개를 잡힌 닭이 벗어나려고 발버둥치자 바닥에서는 흙이 튀고 깃털들이 사방으로 날아올랐다. 간신히 나머지 날개를 움켜쥐는데 닭은 사생결단하고 몸부림친다. '버스'를 유심히 지켜보고 있던 채화가 내 팔을 툭 쳤다.

"잡으려나 봐!"

채화의 실망하는 소리에 맞춰 '버스'는 닭을 향해 어설프게 칼을 내리쳤다.

"저런 저런! 하는 짓 하고는. 닭을 저렇게 잡는 인간이 어디 있어?"

나도 닭은 잡아보지 않았지만 어이가 없었다. 그런데 '버스'가 내려친 건 닭이 아니라 기둥에 묶여 있던 끈이었다. 그나마 끈이 끊어지지도 않은 것 같았다. '버스'는 신경질적으로 칼을 땅에다 꽂고 허리를 꼿꼿이 세우더니 매실나무 가지를 치고 있는 윤 씨를 향해 난데없이, 형님! 하고 불렀다.

"나무는 제가 자를 테니까 닭 좀 잡아주시죠."

금세 울음이라도 터뜨릴 것 같은 목소리다. 나는 채화와 눈을 마주하고 소리 없는 쾌재를 불렀다. 이것만으로도 '버스'가 짐을 싸서 내뺄 듯싶었다. 윤 씨는 자리를 바꿔 지붕까지 내려앉은 보리수나무 가지를 자르기 시작했다. 톱소리 때문에 '버스'의 말을 전혀 듣지 못한 것이다. 내가 작심하고 마당으로 내려서자 '버스'가 난색을 띠며 바라봤다.

"왜 무슨 일이라도 있어요?"

"저는 도저히 닭은 못 잡겠어요."

막 한마디 더 핀잔을 주려던 때였다. 언제 나타났는지 선화가 다가와, 그러게 자기가 뭐랬냐며 땅에 꽂혀 있는 칼을 뽑았다. 채화도 시침을 떼고 "왜 그러는데?" 하면서 다가왔다.

"이 사람은 팔딱거리는 물고기도 못 잡아, 언니."

선화의 말 속에는 누구에게랄 것 없는 원망이 깃들어 있었다. 그렇게 봐서 그런지 '버스'의 눈에서 얼핏 눈물도 비치는 것 같았다. 울상이 된 '버스'가 갑자기 선화의 손에 쥐어진 칼을 빼앗아 마당 한쪽으로 휙 던지더니 상의를 집어 들고 마당을 벗어나 큰길을 향해 성큼성큼 걸음을 옮겼다. 1단계의 감정이 아직 남아 있던 판에 2단계 작전이 고스란히 먹혀든 것이다. 선화는 어디 가냐며 쫓아가고 '버스'는 발에 걸리는 풀을 공 차듯 걷어차며 계속 걸어갔다.

"저러고도 선화 뒤를 따라 돌아올까?"

결국, 닭은 윤 씨가 잡았고 한참이 지난 다음 심통이 가득한 선화와 풀죽은 '버스'가 집으로 돌아왔다.

"무슨 남자가 닭 하나 못 잡고 그래요. 닭이 그렇게 무서워요?"

채화가 비웃음 섞인 농담으로 '버스'를 몰아세웠다. 윤 씨는 아무 생각도 없는 사람처럼 닭 안 잡아 본 사람은 못 잡는다고 '버스'를 두둔하며 잔을 권했다. 어머니는 별다른 기색 없이 이런저런 반찬을 두 남자 앞쪽으로 번갈아

밀어주었다. 내가 닭 다리 하나를 뜯어 먼저 '버스' 앞자리에 놓아주자 선화가 어린아이 달래듯 살을 발라주었다. 윤 씨는 못 본 척 백숙을 먹기만 했다. 나는 도자기에 관한 얘길 꺼내 침통한 얼굴로 밥알만 세는 '버스'의 숨통을 다소나마 틔워줬다. 작전이 제대로 먹혀들었다는 승자의 배려였다. 그날 밤 잠자리로는 선화가 우리와 함께 방으로 들어갔고 '버스'와 윤 씨는 거실 소파와 바닥에서 잤다.

7

이튿날 어머니 생신상을 물리고 다 함께 동네 산책길에 나섰다. 두칠네 집을 지나 학당을 거쳐 한길로 나가자 언제나처럼 느티나무가 살랑거리며 일행을 맞이했다. 들녘에는 개망초꽃이 군락을 이뤄 하얗게 내려앉아 한겨울 눈발 풍경을 그려내고 있었다.

우리 논이 있었던 물안골 둑길로 들어섰다. 마루에 서면 아버지가 일하는 모습이 보였던 곳이다. 어머니 품처럼 포근한 들녘 아래로 쉼 없이 재잘대는 냇물 소리는 예전 그대로였다. 장마 끝이라 그런지 평소보다 물이 많았고 배수로 토관 아래 웅덩이 쪽은 초록빛이 어른거릴 만큼 깊어 보였다. 어린 시절 내가 동네 아이들과 비료 포대를 띄우며 물놀이를 하다가 빠져 죽을 뻔한 곳이기도 하다.

"야, 여기는 아직도 깊네."

내 말에 그때 일을 기억하고 있는 어머니가 아직도 겁나냐며 껄껄 웃었다. 채화까지 가세해 그 시절 얘기를 꺼내 들어 한참을 웃어젖히고 있을 때였다. 앞서가던 선화가 "저기 엉겅퀴 꽃 좀 봐." 하면서 풀숲을 가리켰다. 선화 말대로 경사진 둑 아래쪽 푸른 수풀 사이로 보랏빛 꽃술을 뽐내는 엉겅퀴가 활짝 피어 있었다. 어릴 때 많이 보았던 꽃이라 모두가 예쁘다며 보고 있는데 선화가 꽃을 만지려고 몸을 구부린 채 엉덩이를 쳐드는 순간 발이 둑길 아래로 쭉 미끄러졌다. 다급하게 손을 뻗어 뭐든 거머쥐려 하나 잡히는 것이 없다. 모두가 깜짝 놀라 허겁지겁하는 사이 선화는 이내 냇물에 퐁당 빠지고 말았다.

텀벙거리던 선화는 눈 깜짝할 사이 배수 토관 앞 웅덩이 쪽으로 빠져들어 갔다. 윤 씨는 왔다 갔다 하면서 뭔가를 살피고 다른 사람들은 밑으로 내려가는 길을 찾느라 허둥댔다. 그때 '버스'가 쏜살같이 내리막길을 내려가 물에 첨

병 뛰어들었다. 모두 조바심을 내며 '버스'가 선화를 끌고 나오기만을 기다렸다. 그러나 '버스'는 선화의 손을 붙잡고 함께 허우적거리기만 할 뿐 밖으로 나오지 못했다. 발을 동동 구르고 있는데 윤 씨가 긴 장대 하나를 들고 와 '버스'에게 내밀어 잡도록 했다. 겨우겨우 밖으로 나온 '버스'와 선화는 연거푸 물을 뿜어내면서 숨이 넘어갈 것처럼 콜록거렸다.

"수영도 못 하면서 뛰어들었어?"

선화의 목소리에는 애틋함과 응석이 잔뜩 깔려 있었다.

"자기는 왜 그렇게 조심성이 없어?"

'버스'는 파랗게 질린 얼굴로 퉁을 주면서 콜록거리는 선화의 등을 팡팡 두드렸다. 둘을 멀거니 바라보던 가족들의 표정이 착잡했다. 그나마 천만다행이라는 생각에 안도의 숨을 내쉬고 다 함께 서둘러 집으로 향했다.

꾸욱꾸욱 꾸꾸! 꾸욱꾸욱 꾸꾸!

철벅철벅 젖은 신발 소리를 내면서 걷고 있는데 물 건너 안산 숲속에서 과수댁 하소연 같은 산비둘기 울음소리가 길게 들려왔다. 퍼뜩 날아드는 생각에 웃음이 새 나왔다.

"저 산비둘기가 지금 뭐라며 우는 줄 아냐?"

생각에 잠겨 있던 채화가 눈을 동그랗게 뜨고 나를 바라봤다.

"내가 좋아 사는 남자, 인연대로 살게 두소."

나는 그럴싸하게 가사를 붙여 산비둘기 울음소리를 흉내 냈다. 채화는 그제야 "저 우짖는 소리도 영락없는 선화네." 하며 깔깔거리고 웃었다. 작전을 훌훌 팽개치고 가는데 앞쪽에 젖은 옷을 걸치고 팔자걸음으로 선화를 부축하며 가는 '버스'의 모습이 눈에 들어왔다. 내가 손을 들어 가리키자 채화도 어머니도 함박웃음을 터뜨렸다. 장대를 제자리에 가져다 놓고 홀로 뒤따라오는 윤 씨는 말이 없고, 산색을 띤 냇물만 들릴 듯 말 듯 소곤거린다.

물수제비 사랑

1

아내를 따라서도 가본 적 없는 시장에 갔다. 멋쩍은 표정으로 기웃거리다가 상추를 바닥에 풀어놓고 손님을 기다리는 할머니와 눈이 마주쳤다. 주름진 손을 치켜들어 손짓하는 할머니에게 고개만 까딱해 보이고 지나쳐 과일가게 앞에서 걸음을 멈췄다.

묻기도 전에 점원이 포도송이에서 한 알을 떼어주고는 눈을 크게 떠 보인다. 맛있다고 말해주고 싱싱해 보이는 걸로 몇 송이 골라 산 후 채소가게에서 빨간 고추와 풋고추, 쌈으로 먹기 좋은 채소들도 조금씩 샀다. 그러고는 그냥 지나쳤던 할머니에게 다시 갔더니 반색을 하며 맞이한다. 한입 크기의 꽃상추를 가리키며 한 모둠 달라고 하자 싸게 줄 테니까 두 개 가져가라며 대답도 하기 전에 봉지에 담는다.

꽃집에 들러 노란 소국도 한 다발 산 다음 노량진수산시장으로 차를 몰았다. 발가락을 밴드로 묶인 바닷가재가 수족관 귀퉁이에서 꼼짝도 하지 않은 채 그 작은 눈으로 바깥세상의 눈치를 살피고 있다. 함지박에는 낙지, 조개, 멍게, 해삼, 꽃게 등 각종 해산물들이 꿈틀거린다. 호객을 외면하고 더 둘러볼 자신이 없어 첫 번째 가게에 들어갔다. 주인은 어떻게 알아차렸는지 잽싸게 꽃게 한 마리를 들어 속이 꽉 들어찼다고 말하며 반응을 살핀다. 다른 건 내가 알 턱이 없고 단지 다리를 뻗어대는 기세가 꽤 실해 보여 좋은 놈으로 몇 마리 싸달라고 했다.

들뜨고 바빠진 마음으로 친구 사무실로 달려갔다. 준비해 둔 찜통을 꺼내고 아직도 부스럭거리는 까만 봉지를 열자 꽃게가 새까만 눈으로 노려본다. 물을 틀어 씻는데 죽기 살기로 뻗어대는 집게발의 기세가 장난이 아니다. 어렵사리 인증사진을 찍은 후 인정사정없이 찜통에 안친 다음 유리병을 찾아 소국을 꽂았다. 소리 없이 깔리는 국화 향이 사무실에 가득하다. 흥얼흥얼 콧노래를 부르면서 준비해 둔 은박접시와 마른안주도 점검했다.

짱구로 통하는 내 친구 김찬구는 머리 좋기로 유명한 고교동창이다. 서울공대를 가고도 남을 것 같은 수재가 일본에 가서 산업디자인을 공부한다고 해 친구들을 놀라게 하더니 졸업 후 별의별 것을 다 고안해냈다. 특허와 실용신안 등록만 해도 1백여 건이 넘고, 듣다 보면 대박 나지 않을 아이디어가 없다. 다들 그의 성공은 따 놓은 당상으로 여겼었다. 그런데도 운이 없는 건지 제품이 미흡한 건지 한 번을 제대로 성공시키지 못했다. 시제품 만들 돈이 없어 쩔쩔매는 것을 보다 못해 투자라며 더러 보태주기도 했다. 그 덕에 나는 가끔 그의 사무실을 내 집처럼 쓰기도 한다. 짱구는 지금 일본에 출장 중이다.

나는 괜찮다고 하는 대기업에 입사해 십여 년간 근무 잘하고 있다가, 상사와 일처리 방식에 견해가 달라 감정싸움을 한 끝에 한마디 퍼붓지도 못하고 사직서를 던졌다. 그러고는 식품회사, LED 조명회사, 의류회사를 전전하다가 현재 경영컨설턴트로 일하고 있다. 변호사, 세무사, 법무사 등과 한 팀을 이뤄 기업경영 자문 일을 하는데 업무에 필수인 입담이 달리긴 해도 누구한테 싫은 소리 들을 일 없고 경영학을 전공한 보람도 느낄 수 있어 최소한 나에게는 안성맞춤이다.

2

책상 위에 포도와 각종 채소를 모양 갖춰 올려놓고 와인잔까지 꺼내놓았더니 그럴싸한 식탁이 만들어졌다. 세팅이 마무리될 즈음 버튼 누르는 소리가 들렸다. 팔짱을 끼고 보란 듯이 서 있는데 영수가 들어서자마자 "꽃게야?" 하면서 코를 씰룩거린다.

"엄청 실해. 인증샷 찍다가 손가락을 두 번이나 찔렸어."

파닥거리는 꽃게 영상을 보여줬더니 이내 고개를 돌린다.

"손 물려가면서 이런 걸 뭐 하러 찍어?"

"싱싱한 거 보여주려고 그랬지."

영수는 살아 있는 걸 보고 어떻게 먹느냐고 찡그렸지만 나는 기분이 좋다. 그녀의 시선이 국화 다발로 옮겨지더니 웬 꽃을 다 샀느냐며 코를 갖다 댄다. 어깨를 으쓱해 보이고 김이 풀풀 나는 꽃게를 손질해 접시에 놓아주자 와아! 하고 탄성을 질렀다. 이 정도면 대성공이다. 그녀는 열혈 채식주의자는 아닌 것 같은데 고기는 아예 안 먹고 생선도 그다지 좋아하지 않는다. 식성이 까다로워 보여 제일 좋아하는 음식이 뭐냐고 물었던 적이 있다. 그녀는 그냥 먹는 거지 특별히 좋아하는 음식은 없다고 하다가 갑자기 생각난 듯 학창 시절 집에 처음으로 찾아온 친구들에게 새언니가 끓여준 꽃게탕이 가장 맛있었다고 했었다.

그녀는 꽃게를 이렇게 많이 먹어보기는 처음이라며 손질해주는 대로 열심히 먹었다. 상황을 보다가 와인 병을 들어 보였더니 눈을 번쩍 뜨면서 좋아했다. 붉은 와인이 쪼르륵 소리를 내며 잔에 떨어진다.

"오늘 무슨 날이야?"

그녀가 볼에 붙은 게살을 닦으면서 물었다.

"꽃게 철이라 그냥……."

"채소도 싱싱하고 완전 내 취향이네. 집에서도 이렇게 장도 보고 그래?"

얼굴이 화끈 달아올랐지만 못 들은 척 열심히 게살을 발라냈다.

삼 년 전 놀고 있을 때 아버지가 지인에게 부탁해 들어간 식품회사에서 그녀를 처음 만났다. 입사 초기 재무부서에 근무하는 그녀가 나를 부르더니 법인카드로 술값을 너무 많이 쓴 것 아니냐고 훈계조의 말을 했다. 나는 화를 내며 다 이유가 있어서 쓴 거라고 반박했다. 그녀는 결재 올리기가 거북해서라고 핑계를 대더니 눈살 하나 찌푸리지 않고, 우리 회사는 대기업도 돈이 많은 회사도 아니므로 실적을 생각하며 비용을 써야 한다고 차분히 설명했다. 틀린 말은 아니지만 한마디로 그녀가 너무 얄미웠다. 이후 그녀가 궁금해 귀동냥을 해보려 했지만 직원들도 정확한 나이는 물론 결혼을 했는지 안 했는지조차 모른다고 했다. 간신히 노처녀에 대학원에 다닌다는 사실 정도만 알게 되었다.

어느 날 저녁 늦게 퇴근하다 우연히 그녀가 혼자 일하고 있는 모습을 보게 되었다. 잘됐다 싶은 생각에 용건을 하나 만들어 사무실로 들어갔다. 업무 얘길 마치고 일어서면서 고생이 많다고 알아주는 표현을 했더니 뜻밖에도, 그럼 뭐 하나 도와주겠냐고 물었다. 시간이 없어 학교에 낼 리포트를 완성하지 못했다는 얘기였다. 나는 기꺼이 응하고 정성을 다해 도와줬다. 그 후 그녀가 답례로 저녁을 사는 바람에 이전보다 더 자연스러운 사이가 되었고 시간이 지나면서 까다로운 만큼 개성이 강한 그녀에게 나도 모르게 빠져들었다.

하지만 그와는 별개로 일을 하면 할수록 가맹점 관리가 적성에 맞지 않아 회사를 그만두게 되었다. 홀가분했지만 그녀를 볼 수 없다는 점이 아쉬웠다. 궁리 끝에 내 일에 쫓기면서도 리포트 도움을 자청해 그녀를 만났고 오빠, 동생으로 부를 만큼 친해지고부터는 간혹 짱구 사무실에 초대해 와인도 한잔하곤 했다.

“지금 하는 일은 어때?”

껍데기를 치우고 준비해 둔 마른안주를 올려놓는데 그녀가 묻는다.

“싫은 소리 들을 일 없고 나한테는 딱 맞아.”

“잘됐네. 그 성격에 맞는 일 찾기가 쉽지 않을 텐데.”

그녀는 직장에서 싫은 소리를 견디는 것도 경쟁력이라고, 충고인지 지적인지 모를 소리를 하며 와인 잔을 들었다. 재킷을 벗어던진 그녀의 얼굴과 목이 발그스레하다. 평소 조용하고 까다로운 그녀는 뜻밖에 대범한 면도 있는 기분파였다. 짱구와 셋이 술을 마시는데 눈웃음을 실실 흘리며 어찌나 말을 잘하던지 질투가 날 정도였다. 술잔을 부딪쳐가며 노는 모양이 남자들과도 제법 잘 어울리는 것 같았다.

3

대학 시절 소개팅도 해보고 미팅도 몇 번 해봤으나 누군가를 좋아해 본 적이 없다. 사랑에 빠진 적은 더더욱 없다. 나처럼 재미없는 젊은 시절을 보내기도 쉽지 않을 듯하다. 남다른 인생 여정이랄 것까지는 없어도 굳이 핑계를 대자면, 내게는 사업의 부침이 심했던 아버지와 잠시도 경제활동을 벗어나지 못하는 어머니 아래 동생들을 챙겨야 하는 장남의 역할이 끊임없이 주어져 있었다.

아버지 사업이 잘될 때는 마당에서 약식축구를 할 정도로 넓고 큰 집에서 살기도 했고 기울 때는 다섯 식구가 방 한 칸에서 살 비벼대며 지내기도 했다. 빚쟁이를 피해 아버지 혼자 야반도주를 한 적도 있다. 다행히 고등학교 시절부터는 형편이 나아졌으나 뭔가에 쫓기는 마음은 여전했고 늘 동생들의 본보기가 되어야 했다. 아버지의 사업이 안정되고 나름 괜찮다는 대학을 나와 취직도 순조롭게 된 편이지만 심정은 바뀌지 않았다. 오래도록 장남의 무게에 눌려 있던 마음이 어느덧 성품으로 굳어 버렸는지도 모른다.

"오빠! 근데 아무리 생각해도 이름이 민희가 뭐냐?"

그녀가 거침없이 책상 위에 다리를 올려놓았다. 구두 소리만 나지 않았지 서부영화의 총잡이가 따로 없다. 와인이 두 잔 이상 들어가면 어김없이 나오는 자세다.

"어허이, 이거 또 왜 이래? 그러는 넌 영수가 뭐야? 선머슴 같잖아."

"그러게, 영수와 민희라……. 당연히 오빠가 영수고 내가 민희인 줄 알겠네."

그녀가 히죽거린다. 언젠가 초등학교 졸업사진을 보여줬더니 가난하기는커녕 부잣집 귀공자 모습이라며 지금처럼 웃었고 나는 조금이나마 인정받는 기분이 들어 나쁘지 않았었다. 그럼 뭐하겠는가? 딱 부러지게 내세울 거 하나 없이 그저 그런 아저씨가 되어 있는 나 자신을 누구보다 잘 알고 있는데 말이다. 하지만 그녀는 그런 문제로 내 자존심을 건드리지는 않았다.

"민희든 영수든 너는 그 자세가 뭐냐?"

씁쓸한 기분에 안 하던 시비를 한번 걸어봤다. 알고 지낸 지 여러 해 되었지만 아직도 알 수 없는 것이 있다. 그녀의 마음이다. 평소 얌전하고 말수도 적은 편인데 내 앞에서는 자기 멋대로 행동하고 말 한마디라도 잘못하는 날에는 끝까지 물고 늘어진다. 화도 나고 내가 왜 저런 여자를 만나나 하는 생각으로 밉살맞은 투정을 부려보기도 했지만 심각하게 받아들이지도 않는다.

같은 회사에 다닐 때다. 회식 후 노래방에 갔는데 우연히 그녀 옆자리에 앉게 되었다. 다들 노래하고 춤추느라 정신없었고 나도 같이 어울리면서 놀다가 중간중간 그녀와 이야기를 나누었다. 시끄러워 안 들릴 때는 귀에 대고 큰 소리로 말하기도 했다. 그러다가 어느 순간 나도 모르게 머리카락이 덮인 그녀의 볼에 살짝 입술을 갖다 댔다. 그녀의 목이 잠깐 굳어진 듯했으나 이내 아무렇지도 않은 듯 말을 이어갔다.

그날 밤 나는 그녀도 마음이 없지는 않구나 하는 생각에 자못 설렜다. 하지만 그게 전부다. 어느 날인가 술 취한 척

하고 입술을 들이대려다가 완강히 거부당하고 말았다. 웃고 넘겼지만 내심 무안하기도 하고 서운한 생각도 들었었다. 그녀는 나를 그저 만만한 동네 오빠 정도로밖에 여기지 않는지도 모른다.

“가자! 오늘 꽃게 참 맛있었어. 포도도 시지 않아 좋았고.”

오늘 할 일을 다 했다는 듯 그녀가 일어섰다.

“맨날 이렇게 해줄 수도 있어.”

실없는 소리를 한마디 해봤으나 역시 별 대꾸가 없다.

사무실을 나와 전철역까지 걷다가 잠깐 그녀의 모습을 살폈다. 아까와는 달리 표정이나 걸음걸이가 얌전하기 짝이 없다. 건너편 방향으로 멀어져가는 그녀의 뒷모습을 바라보며 서 있다 보니 왠지 공허하고 서글퍼졌다. 전동차가 들어온다는 안내 방송과 때맞춰 전화벨이 울렸다.

“왜 아직 안 와요?”

작은아이가 기다리고 있다는 아내의 전화다. 대학 4학년 때 선후배들과 크리스마스이브를 핑계로 파티를 했었다. 젊음을 즐기자고 진탕 마시고 놀았는데 그날 여자 후배와 사고를 쳤다. 그리하여 연애 한번 해본 적 없는 내가 어쩌다가 아들놈을 혼수로 해오는 여자와 결혼을 하게 된 것이다. 그렇게 말하기로 치면 아내도 마찬가지일 것이다.

벨을 누르자 한창 사춘기인 딸아이가 달려 나왔다.

“네가 웬일이야? 아빠를 다 기다리고. 오빠는?”

“오빤 학원에서 아직 안 왔지. 아빠! 내일 친구들과 놀러 갈 건데 학원 한 번 빠져도 되지? 엄마가 아빠한테 허락받으래.”

그러면 그렇지, 아빠를 소 닭 보듯 하는 딸아이였었다.

“엄마는 허락했고?”

4

굳이 정의를 내리려고 하지 않았거나 스스로 속마음을 외면하며 딴전을 피워왔지만 내 마음을 내가 모를 리 없다. 나는 그녀를 사랑한다. 미안하지만 사랑하는 사람이 생겼다고 아내에게 말을 해야겠다. 마음은 다른 여자에게 주고 아닌 척 살아가는 것도 죄 아니던가. 그 충격을 아내가 과연 감당할 수 있을까? 머리가 아프다. 가슴은 더 아프다. 『닥터 지바고』의 토냐가 사랑하는 남편을 라라에게 보내주는 것처럼 내 아내도 그래 주면 안 될까?

"미친놈!"

나도 모르게 뇌까렸다. 신호등을 기다리던 옆 사람이 눈에 쌍심지를 켜고 쳐다봤다. 자칫 멱살이라도 잡힐 찰나에 녹색등이 들어왔다. 서둘러 길을 건너 골목으로 꺾어졌다. 식당에 들어서자 왁자지껄 떠들어대던 남자들이 번쩍번쩍 손을 들었다. 가까운 동창끼리 만나는 육 개월 만의 모임인데 일찍부터 마셨는지 학창 시절의 활기가 가득했다.

"너 요즘 연애하냐? 뭐가 그렇게 바빠?"

엉덩이를 붙이기도 전에 상혁이 소주잔을 들이밀며 신소리를 했다.

"개 눈에 똥만 보인다고, 민희가 어디 바람피울 놈이냐?"

옆에 앉아 있던 찬호가 끼어들며 핀잔을 주고 나서 이 자식은 또 갈아치웠다는 둥, 그러면서도 딸내미라면 죽고 못 산다는 둥, 상혁의 죄상을 낱낱이 폭로했다. 나도 대강은 아는 내용이다.

"짱구는 아직도 일본에 있냐?"

"이번에야말로 곧 대박 날 물건 가지고 들어온단다."

짱구 얘기가 나오자 다들 내가 민망할 정도로 크게 웃어 젖히면서 엉뚱한 발명품 이야기에 열을 올렸다. 멀쩡한 사람 바보 되는 건 순간이었다.

"영석이 너는 이거 잘 있고?"

누군가 영석에게 새끼손가락을 들어 보이며 묻자 찬호가 또 나섰다.

"일편단심이야."

영석의 아내는 유학 가 있는 자식들 때문에 일 년에 반 이상은 미국에서 슈퍼마켓 일을 하며 살고 있는데, 서울에 오래전부터 마누라 같은 여자가 있다는 것을 동창들은 다 안다. 들으면 들을수록 기혼자들의 화제일 수 없는 내용이지만 누구 하나 부자연스럽게 여기지도 않는다. 나는 이제껏 그런 이야기가 나올 때마다 남의 일이라고만 생각했었다. 그러나 오늘은 누구의 얘기를 막론하고 예사롭게 들리지 않는다. 2차로 호프집에 갔다.

"우리도 이젠 불혹을 넘어서 사십 대 중반 아니냐. 세월 참 빠르다!"

"맞아, 이쯤 해서 한 번쯤 돌이켜볼 필요도 있어. 제대로 살아가고 있는지."

"어떤 놈은 뭐 별거 있냐? 마누라 있고 애들 건강하면 그게 최고지."

술기운이 오르자 인생에 대한 깊은 통찰이라도 있었던 듯 저마다 한마디씩 했다.

"우리 나이에 내 행복을 찾아가도 되는 걸까?"

맥주잔만 기울이던 내가 한마디 던져봤더니 모두가 시선을 집중한다.

"민희 입에서 나오는 말치고는 충격인데? 그게 무슨 말이냐?"

"좋아하는 여잔데 순수하게 친구로 여기면서 지낼 수가 있느냐고."

"고작 그 말이야? 난 또……."

편한 여자 친구 하나 있으면 좋겠다는 생각이 들어 물어본 거라고 얼버무리자 하나같이 실망하는 기색이다.

"야, 그런 게 어딨어? 언젠가는 다 사고 치지."

"우리 나이에 무슨 순수를 따지냐? 사춘기 애들도 아니고. 그리고 아닌 말로 친구 하면서 사고 좀 치면 어때?"

모두가 맞는다고 웃어댄다. 한참을 더 화제를 바꿔 떠들어댔지만 시간이 지날수록 듣는 사람은 없고 말하는 사람만 늘어간다. 누구의 말도 제대로 진전되지 않는 상황에서 내가 원하는 해답이 있을 리 없었다.

허세를 부리며 기 싸움을 하던 친구들과 헤어져 흔들리는 불빛만큼이나 혼란스러운 밤거리를 걸었다. 차가운 밤공기가 얼굴을 휘감는다. 거리의 사람들은 저마다 인생을 한껏 즐기고 있었다. 한잔 걸치고 흔쾌히 헤어지는 사람, 2차 가자고 떼쓰는 사람, 버젓한 길목에서 끌어안고 진한 키스를 퍼붓고 있는 젊은 남녀, 기회는 이때다 싶어 취한 여자의 손을 잡아끄는 놈 등 각양각색이다.

합정동 로터리를 지나 양화대교로 접어들었다. 대교 중간쯤에서 난간을 잡고 한강을 내려다봤다. 무심한 강물은 도시의 빛을 품어 안고 조용히 어둠 속을 굽이치고 있었다.

"영수야!"

묵직한 진리가 되어 정해진 길을 따라 흐르는 강물을 바라보며 목청껏 외쳐봤다. 그러고는 다음 말을 잇지 못했다. 잠시 멈칫거리다 연거푸 두 번을 더 불러봤으나 공허하기만 했다. 나 자신 무엇을 원하고 고민하고 있는지 명확하지 않은 상황에서 뭐라 더 할 말도 없었다. 시간이 얼마나 흘렀는지 모른다. 집에 들어가 보니 아내는 자고 있고 아들 녀석의 방에만 불이 켜져 있다. 문을 살그머니 열고 공부하느라 힘들겠다고 했더니 고개만 꾸뻑한다. 주방에 들어가 물 한 잔 마신 다음 방으로 들어갔다. 기척을 느꼈는지 아내가 돌아누우면서 어서 자라고 한다. 아내의 얼굴은 평화로웠다.

5

고민하는 나와 달리 그녀는 여전했다. 나를 보면 반갑게 손을 흔들고 만나는 순간부터 종알거리기 시작한다. '단풍나무 아래'라는 카페 이름이 정겹게 느껴져 계단을 올라갔다. 그녀가 안을 한번 들여다보더니 분위기도 좋다며 들어가자고 했다. 잔잔하게 흐르는 음악도 좋은 데다 말린 꽃으로 실내를 장식해 가을 분위기가 한껏 풍기고 의자마다 손으로 만든 쿠션이 있어 온화한 느낌을 주었다. 마음에 드는 자리를 찾아 앉는데 주인인 듯한 여자가 다가왔다.

"저기…… 언니가 이쪽에 앉으시죠."

무슨 말인지 선뜻 이해가 가지 않아 여자를 올려다봤다.

"아저씨가 입구에서 너무 정면이잖아요. 젊은 사람들이 많이 오는 데라서……."

"지금 뭐라는 겁니까? 이 아저씨가 누구 잡아먹어요?"

주인 여자의 말이 끝나기도 전에 그녀가 낚아챘다.

"우리도 장사를 해야 할 거 아니에요. ……아니 됐습니다."

그제야 무슨 말인지 알아차릴 수 있었다. 그녀는 눈에서 불똥이 튀어나올 것처럼 화를 내며 당장 사과하라고 언성을 높였다. 나는 당황스럽기도 하고 창피하기도 해서 먼저 일어나 그녀의 팔을 잡아끌었다.

"이분이 뭘 어쨌다는 겁니까. 나이는 그쪽이 한결 더 들어 보이시면서."

그녀는 자리에 꼿꼿이 앉아 얼버무리는 주인 여자를 노려보며 쏘아붙였다. 여자의 얼굴이 시뻘게지고 다른 자리에 있던 사람들이 일제히 쳐다봤다.

"그럼 그냥 앉으시죠."

"지금 장난합니까? 나이 먹은 게 무슨 죄라도 돼요?"

위기일발이 따로 없었다. 손님을 의식한 주인 여자가 표정을 바꾸지 않으면서 마지못해 미안하다는 말을 했다. 어쨌거나 그녀는 끝내 사과를 받아낸 것이다. 그냥 앉아서 먹자는 걸 겨우 달래 밖으로 나왔다. 정말이지 예상 밖의 일이었다. 그녀는 여전히 씩씩거리며 분을 삭이느라 애를 썼다. 언제나 나 혼자 좋아하는 것 같아 서운한 생각이 들었던 나는 그게 아니었다는 사실을 확인이라도 한 듯 흐뭇했다.

생각해보면 그녀는 남자도 보여주기 힘든 의리를 보인 적도 있었다. 함께 근무하던 회사를 그만두고 조명회사를 거쳐 다시 들어간 의류회사에서도 적응하지 못하고 갈등하던 어느 날이었다. 술을 엄청 퍼마신 와중에 내가 전화를 했던 모양이다. 열두 시가 넘은 시간에 택시를 타고 달려온 그녀는 힘들어하는 나를 위로해주고 결단을 내릴 수 있도록 용기를 북돋아 주었다. 몸을 제대로 가누지 못하는 나를 부축해 집 앞에 데려다주기까지 했다. 다음 날 나는 망설임 없이 사직서를 제출했고 덕분에 지금의 직장을 찾을 수 있었다.

장소를 옮겨 즐거운 마음으로 와인을 곁들인 식사를 했다. 잔을 부딪치자 잔잔하던 붉은 와인이 경쾌하게 춤을 추었다.

"영수야, 고맙다. 내 편 들어줘서."

"편든 게 아니야. 내 말을 한 거지."

"편들었다고 하면 어디 덧나냐?"

6

그녀와 함께 대학로 소극장을 찾았다. 우동집 주인 부부가 삶에 쫓기는 한 가족에게 따뜻한 인간미를 보여주는 평범하면서도 감동적인 내용이었다. 연극이 끝나고 배우들이 관객들과 사진을 찍는 시간이 있었다. 커플끼리 또는 친구끼리 온, 많은 사람들이 함께 사진을 찍기 위해 기다렸다. 우리도 찍자고 했더니 그녀가 처음에는 그러자고 했다가 굳이 찍을 필요 있냐며 시큰둥했다. 우겨서 찍기는 했지만 뒷맛이 떨떠름했다. 엊그제는 나를 위해 발 벗고 나서서 싸우기까지 하더니 오늘은 같이 사진 찍는 것조차 꺼리는 태도를 이해할 수가 없었다. 식당으로 자리를 옮겨 왜 그랬느냐고 불만스럽게 말을 꺼냈다.

"사이트에 올린다잖아."

말투에는 나보다 더한 불평이 깔려 있었다.

"그게 뭐가 어때서? 나랑 사진 찍는 게 창피해?"

"누가 그렇대? 그럼 오빠는 다른 사람이 사진 봐도 돼?"

"응, 나는 아무 상관 없어."

"둘이 연극 보러 온 거 다른 사람이 알아도 상관없다고?"

"글쎄, 그게 왜 문제 되냐고?"

"솔직히 말해 봐. 마나님이 봐도 순수한 친구라고 당당하게 말할 수 있어?"

아무 말도 할 수 없었다.

"그거 봐! 말 못 하잖아."

순간 화가 치밀었다. 그동안 내 가족에 관해서는 말 한마디 꺼낸 적도 없으면서 갑자기 왜 아내를 걸고넘어지는지 모르겠다. 마음 한편으로는 이제 겨우 뭔가의 출발선에 들어선 것 같은 기분도 들었다.

"그럼 내 생각해서 그랬다는 거야?"

내 말에 이미 대답을 원하는 기운이 빠져있기도 했지만 그녀는 입을 열지 않았다. 이제껏 볼 수 없었던 굳은 표정을 하고 눈을 마주치려고 하지도 않는다. 먹는 둥 마는 둥 힘든 시간을 보내고 일어섰다. 차에 타서도 아무 말도 하지 않았다. 무슨 말이든 해서 풀어야 하는데 구실도 없고 입도 떨어지지 않았다. 그녀도 묵묵히 창밖만 쳐다봤다. 나는 점점 더 화가 났다. 입을 열 생각도 하지 않는 그녀가 밉기까지 했다. 어쩌면 서로가 먼저 사과를 받고 싶었는지도 모른다.

"괜찮다고 했잖아. 너는 내게 정말 소중한 사람이야."

너그러울 수 있는 구실을 찾아 고백이라도 하듯이 말했으나 여전히 말이 없다. 나는 한발 더 나아갔다.

"그리고 내 가족처럼 사랑해."

"미쳤어? 분명히 말하는데 우리는 친구야. 설사 아니라고 해도 적어도 노력은 해야 해. 정상인 사람이라면 말이야. 그렇지 않다면 오빠는 지금 두 사람을 농락하고 있는 거야. 아니 셋이네. 오빠 자신까지."

그녀는 한바탕 열변을 토하고 차를 세워달라고 했다. 그러고는 뒤도 돌아보지 않고 가버렸다. 나는 뭐라 대꾸하지도, 붙잡지도 못했다. 오로지 참담하기만 했다.

다음 날도 그다음 날도 그녀는 연락하지 않았다. 구구절절 맞는 말만 한 그녀에게 뭐라 할 말도 없었다. 아무리 그렇다 한들 그렇게 한방에 사람을 만신창이로 만들 수 있다는 말인가? 보란 듯이 일에만 열중했다. 그동안 그녀에게 마음을 빼앗겨 소홀한 면이 없지 않았는데 일에 몰두하다 보니 성과도 오르는 듯했다. 그러나 오래가지 않았다. 하루가 점점 길어졌다. 세상살이가 지옥살이 같았다. 내가 왜 사는지 무엇을 위해 살아야 하는지 방향을 정할 수도 없다.

7

가을 여행을 결심하고 휴가 신청을 했다. 예전에 가본 적 있는 거진항 인근의 높지 않은 산이라도 올라가 볼 참이다. 가을은 남자의 계절이라고 했던가? 가족에게서도, 그녀에게서도 벗어나고 싶었다. 서울을 빠져나가자 모든 것에서 해방되는 기분이 들었다. 고속도로를 달리면서 계절의 옷을 갈아입고 있는 자연에 심취했다. 남산은 아직 푸름을 자랑하고 있는데 차창 밖 풍경은 먼 산등성이부터 힘을 잃은 갈색으로 변해가고 있었다.

어깨와 허리를 최대한 펴고 성큼 다가와 있는 가을을 맞이했다. 한참을 달리다 저수지가 보이는 한적한 곳에 차를 세우고 잠시 여유를 즐겼다. 한 소년이 물가에 서서 제법 익숙하게 물수제비를 뜨고 있는 모습이 보였다. 손을 떠나 수면 위를 통통 튀며 달리던 돌은 얼마 가지 못해 맥없이 물속으로 사라진다.

거진항에 도착해 나무 계단으로 만들어진 산책로를 따라 산을 오르기 시작했다. 한참을 가자 제법 큰 소나무들이 얼기설기 햇볕을 막아주는 오솔길로 이어졌다. 인적이 없으면서도 다정한 느낌이 드는 게 혼자 하는 여행에 제격이었다. 어느 순간 계곡물 소리가 들려 발을 멈추고 둘러봤는데 알고 보니 바람에 우는 나뭇잎 소리였다. 흔들리는 단풍잎 사이로 보이는 동해 바다는 수평선과 하늘이 구분되지 않을 정도로 넓고 파랗게 펼쳐져 있었다.

장엄한 풍경을 공허한 가슴속에 꾹꾹 눌러 담고 싶은 충동에 눈을 감고 깊은숨을 들이쉬었다. 바다 냄새와 함께 바람에 실려 오는 진한 솔향이 코끝에 몰려든다. 복잡했던 머리가 맑아지면서 왠지 위로받는 느낌이 들었다. 멀리 금강산이 보인다는 응봉에서 잠시 휴식을 취하고 김일성별장으로 불리는 고성 같은 관광지를 거쳐 화진포로 내려갔다.

늦은 점심을 해결하고 편안한 마음으로 들길을 걸었다. 먼 길을 달려온 가을바람에 노란 벼이삭이 흔들거리고 군데군데 볏단을 쌓아 놓은 바둑판같은 논도 보였다. 탁 트인 들녘을 바라보며 한참을 더 걸었다. 갈대숲에서 사각거리며 나는 소리의 화음이 너무나 아름다워 흡사 자연음악회장에 온 것 같은 착각에 빠져들었다. 아니 억새인가? 자세히 보니 하얗고 가지런한 억새가 바람에 흔들리고 있었다. 갑자기 마음속 한편에 웅크리고 있던 뭔가가 복받쳐 올라왔다. 그녀였다. 그녀의 겉모습은 부드러운 억새인데 속은 거칠기 짝이 없는 갈대이다. 재빨리 모든 책임을 그녀에게 떠넘기고 평온함을 유지했으나 마음이 시계추처럼 돌아간다. 고개를 세차게 흔들어 불청객을 털어내고 발길을 서둘렀다.

멀리 언덕배기 밭 한편에서 일하고 있는 두 농부가 눈에 들어왔다. 애써 밀레의 명화를 감상하는 기분을 불러들이며 가까이 다가갔다. 다정해 보이는 노부부가 고구마를 캐고 있었다. 밭두렁마다 굵고 실한 고구마들이 나뒹군다.

“이제 그만 캐고 싸게싸게 담기나 하드라고. 언제 다 가져갈 기래?”

"캐던 거나 마저 캐고 담드래요."

할머니가 둑에 앉아 있는 나를 발견하고는 일하던 손을 멈추지 않은 채 쳐다봤다.

"고구마 캐는 게 재미있어 보여서요. 두 분은 같이 사신 지 얼마나 되셨어요?"

"너무 늙어 뵈서 그러슈? 한 칠십 년 이상은 붙어살았을 거고만."

주름살에 가려 표정이 드러나지 않는 할아버지가 할머니를 슬쩍 보며 대답했다.

"무척 사랑하시나 봐요."

"사랑은 무신, 팔자고 인연이다 여기믄서 사는 거지."

할머니가 입을 꾹 다물고 하회탈 웃음을 짓는다. 할아버지의 속을 다 알고 있다는 투다. 문득 아버지가 사업에 실패한 후 빚에 몰려 야반도주했던 시절이 떠올랐다. 생활이 극도로 어려워지자 천석꾼의 딸이었던 어머니가 시장에서 배춧잎을 주워와 죽을 끓여 먹인 적이 있었다. 빛바래고 시든 푸성귀를 소쿠리에 담아 들고 숨듯 부엌으로 들어가는 어머니를 본 나는 아버지를 증오했었다.

달고 맛있으니까 사가라는 할머니 등쌀에 못 이겨 이만

원어치의 고구마를 둘러메고 고행하는 수도승처럼 길을 걸었다.

8

민박집을 찾아 하룻밤을 보내고 새벽 일찍 일어났다. 마을을 벗어나자 계곡마다 희뿌연 안개가 내려앉아 수묵화처럼 부드럽게 산을 감싸고 있었다. 차창에 부딪히는 바람이 부드럽게 얼굴을 스쳐간다. 간간이 떠오르는 그녀를 바람에 띄워 보내고 홀가분한 마음을 강요하면서 한참을 달렸다. 창문을 닫고 라디오를 틀자 귀에 익은 음악이 흘러나왔다. 숱하게 듣고 따라 부르기까지 했던 노래가 분명한데 곡명도 가사도 생각나지 않고 그녀의 얼굴이 머릿속을 가득 채웠다.

망설이던 끝에, 아니 정확히 말하자면 더는 견디지 못하고 길가에 차를 세운 후 그녀에게 전화를 걸었다. 두근거리는 가슴으로 한참을 기다렸으나 받지 않는다. 그대로 포기하고 방금 전화를 걸었던 사람이 아닌 것처럼 여유를 부리며 바닷가를 거닐었다. 갈매기는 속절없이 끼룩거렸고 동해 바다의 거친 파도가 내 마음처럼 몸부림쳤다. 퍼뜩 정신을 차린 척 기지개를 활짝 켠 후 다시 운전대를 잡았으나 그녀에게 붙잡힌 생각은 좀처럼 머릿속을 떠나지 않았다.

쫓고 쫓기면서 삼십 분쯤 가다가 눈에 띄는 휴게소에 들어가 차를 세우고는 다시 전화기를 들었다. 숨 가쁘게 이어지는 신호음이 끝나도록 이를 악물고 견뎠으나 여전히 받지 않았다. 커피숍에 들러 커피 한 잔을 들고나와 한 모금 마셨더니 뜨거운 돌멩이가 가슴속을 할퀴고 지나가듯 거칠게 목구멍을 타고 내려간다. 다시 전화 버튼을 눌렀다. 그렇게 받지 않던 그녀가 드디어 전화를 받았다.

"오빠 지갑에서 사진 봤어. 좋아 보이더라. 나 지금 어디 좀 가고 있어요."

그러고는 뭐라 대꾸할 겨를도 없이 끊어버렸다. 한때 지갑에 가족사진을 끼우고 다니다가 그녀와 친해지면서 슬그머니 뺐었다. 정신이 번쩍 들었다. 말할 수 없었으리라. 사랑의 감정은 물론 자기를 선택해달라고는 더더욱 그랬을 것이다. 보나 마나 나보다 수백 배는 더 갈등하고 괴로워했을 게 틀림없다. 그녀의 성품상 차마 입에 올리고 싶지 않은 뭔가를 기다리고 있었는지도 모른다. 갑자기 목울대가 뜨거워지면서 그녀가 가엾고 그리웠으나 당장 달려가기로는 거리가 너무 멀었다. 그녀를 제자리로 돌려놓을 방법을 생각해본 후 컵을 쓰레기통에 던져버리고 전화기를 들었다. 또 받지 않는다. 잠시 시간을 두었다가 단단히 작정하고는 다시 걸어 한참을 기다리자 마침내 받았다.

"영수야, 내가 다 잘못했다. 우유부단하게 행동했던……."

"여보세요! 경찰입니다. 이 전화 주인과 아는 사이십니까?"

"예?"

"교통사고가 났습니다. 마주 오는 트럭과 부딪쳐서 병원으로 실려 갔어요. 여보세요? 듣고 계십니까? 어떻게 되는 사이시지요?"

넋이 나간 채 전화기를 떨어뜨렸다가 다시 집어 들었다.

"어느 병원으로 갔습니까?"

청주라고 했다. 얼마나 다쳤느냐고 묻자 상태를 뭐라 단정할 수 없다고 한다. 후들거리는 다리를 간신히 지탱하고 보호수를 둘러싼 나무 철책을 붙잡았다. 이제껏 내 생각만 했지 그녀에 대해 너무 모르고 있었다. 청주에는 왜 갔을까? 급히 차에 올라타려는데 다시 전화기가 울렸다.

"여보, 어떻게 해요? 지훈이가 응급실에 실려 갔대."

"……왜? 다쳤어?"

"뭘 또 잘못 먹었는지 학교가 발칵 뒤집혔대요. 119가 와서 싣고 갔는데 호흡곤란에 의식도 없다나 봐. 내가 전화를 바로 못 받았었는데 어쩌면 좋아요. 어디에요? 빨리 와요, 빨리!"

아내의 다급한 목소리가 머릿속까지 울렸다. 아들 녀석이 어렸을 적 무화과를 먹고는 온몸이 붓고 기도가 막혀 죽다 살아났었다. 그대로 털썩 주저앉아 무릎 사이에 머리를 밀어 넣고 나를 숨겼다.

"이봐요! 괜찮아요?"

고개를 젖혀 허공을 바라봤다. 가을 하늘은 파랗게 드높았고 하얀 구름 사이로 소년이 던진 작은 돌멩이가 힘을 잃은 채 사라져 가고 있었다.

어느 화요일 오후

“어젯밤 꿈에 유도복을 입은 당신이 날 업고 사람들 속을 막 달려 창피해서 혼났어.”

집을 나서려는 성재의 구겨진 와이셔츠 깃을 펼쳐주며 영옥이 말했다. 성재는 “그래?” 하다가 갑자기 손가락을 입에 대고 쉿! 소리를 냈다. 그러더니 그건 기분이 좋았다는 얘기이고 바꿔 말하면 오늘 일이 잘된다는 암시니까 누구에게도 발설하지 말라고 귀엣말을 했다. 영옥은 해죽 웃는 얼굴로 아직 굶어 죽진 않으니까 연락 안 와도 너무 실망하지 말라며 격려했다.

“그래도 첫 작업인데 잘 되었으면 좋겠어.”

성재의 말에 영옥은 다시 눈을 마주치고 처음부터 너무

쉽게 풀리는 것도 안 좋다더라며 기대치를 낮추려 들었다.

"좋은 기대는 사업의 원동력이라고."

"그야 물론이지만, 당신은 뭐든 너무 믿어서 탈이야."

"소설 공모에 원고 보내자마자 수상소감 준비했던 사람은 누군데?"

영옥은 성재를 따라 소리 내 웃다가 이제 그 얘기 좀 그만 우려먹으라며 눈을 흘겼다. 너무 앞서가다가 실망할까 봐 한 말이라는 것이다. 성재는 말없이 영옥의 등을 토닥인 다음 힘찬 엄지척을 해 보이고 집을 나섰다. 그리고 출근한 지 한 시간도 지나지 않아 한국기계로부터 납품계약 준비를 하고 방문하라는 전화를 받았다. 기존 거래처 소개로 견적을 제출하고 오늘 결과가 나오는 날이었는데 조바심낼 겨를도 없는 이른 시간이었다. 영옥의 꿈이 적중한 것이다. 이윤도 괜찮은 종류의 베어링이어서 못해도 월 삼백만 원 이상 남는다. 지속해서 유지되기만 하면 웬만한 중견기업 과장의 연봉 수준이다. 사업 시작 후 이루어낸 첫 번째 쾌거였다. 이래서 힘들어도 자기사업을 하는구나 싶었다.

계약서를 들고나오면서 숨 가쁘게 전화를 받는 영옥에

게 잘 되었다고 짧게 말하고 저녁에 얘기하자고 했다. 일을 마치는 대로 사우나에 들렀다가 집에 들어가 영옥과 기쁨을 함께하며 능력도 자랑하고, 스마트폰을 바꾸고 싶어 하는 딸에게 신형을 사주겠다는 선물 보따리도 풀 참이다. 들뜬 기분으로 납품일정을 짜면서 하루를 보냈다. 성재가 사우나에 가는 시간은 화요일 오후 네 시쯤이다. 이 동네는 그 시간대가 사람이 가장 적었다.

열쇠를 받아들고 가는 성재의 입에서 흥얼흥얼 콧노래가 나왔다. 가운으로 바꿔 입고 휴게실로 들어가 보니 다른 날보다 한결 한산했다. 이발실에도 평상복 차림의 한 남자만 대기석 소파에 앉아 있을 뿐 텅 비어 있었다. 별생각 없이 들어가 선반에 손가방을 올려놓고 이발 의자에 앉아 기지개를 켜는데 거울에 비친 남자가 일부러 눈을 마주치며 고개를 한쪽으로 휙 젖힌다. 거기 있지 말고 꺼지라는 신호일 수도 있고 이발사가 없으니 조금 후에 오라는 뜻으로 볼 수도 있지만 어느 쪽이든 예의에 벗어난 태도인 건 분명하다.

누가 봐도 이발 손님은 아닌 차림새였다. 흰색 셔츠 밖으로 드러나는 굵디굵은 근육, 옷소매 밖까지 뻗어 나온 파란 문신 꼬리, 발을 꼬고 앉아 있는 자세, 이리저리 둘러보는 차가운 눈초리 등으로 볼 때 최소한 폭력배의 중간형님 이상은 됨직해 보인다. 얼핏 돈을 받으러 온 사채업자로 보이기도 했다. 느긋한 마음으로 여유를 즐기려던 성재의 표정이 삽시간에 일그러졌으나 달리 내색하지는 않았다. 못 본 척 잠시 눈을 감았다가 다시 떴다. 거울 속 사내는 여전히 성재를 바라보고 있었다. 성재가 눈을 맞추지 않고 엉덩이를 들어 자세를 바꿔 앉으려는데 이발사가 허둥대며 나타났다.

"일이 있어 잠시 자리를 비웠습니다. 염색하실 거죠?"

그러고는 곧바로 머리카락 상태를 확인하고 염색 가운을 목에 둘렀다. 이발사의 위치가 바뀌면서 거울 속 사내와 시선이 다시 마주쳤다.

"저분이 기다리고 계신 것 같던데……."

성재가 내키지 않는다는 표정으로 말끝을 흐렸다. 이발사는 신경 쓰지 않아도 된다는 투로 "아닙니다." 하면서 전에 없이 부산을 떨었다. 날씨나 정치 얘기 등 시시콜콜한 화젯거리에 관해서도 일절 언급하지 않는다.

"경찰관입니까?"

"나한테 묻는 거요?"

성재의 눈동자가 커지고 눈썹이 바짝 추켜 올라갔다.

"우리 단골손님이셔."

이발사가 끼어들어 어르듯 말했다. 사내는 형님한테 물은 게 아니라고 짜증을 낸 다음 신고 받고 나왔느냐고 거듭 물었다. 성재가 손을 들어 염색을 중단시키고 머리를 뒤로 돌리려는데 이발사가 다시 "단골손님이시라니까!" 하고는 하던 일을 계속했다. 성재의 어깨가 크게 들렸다가 내려갔다. 사내도 더는 말이 없었다. 성재는 입술을 굳게 다물고 아예 눈을 감아버린 채 앉아 있었다. 이발사는 마무리 빗질을 마친 후 염색 가운을 벗기면서 벽에 걸린 시계를 올려다봤다.

"십오 분 후에 감으세요."

그러더니 요금 체크를 하고 나서 급한 일이 있어 자리를 잠깐 비우겠다고 양해를 구했다. 이발사가 나가자 사내가 거칠게 투덜거렸다.

"사람 말을 개떡으로 아나."

성재는 대꾸 없이 가만히 있었다. 멈췄다가 움직이는 것처럼 더딘 초침이 힘들게 돌아 구 분이 지났다. 사내는 슬쩍 시계를 본 후 양손으로 무릎을 짚고 천천히 일어나 다가왔다. 아닌 척 그를 지켜보는 성재의 팔에도 힘줄이 솟아올랐다. 사내는 오던 걸음을 멈추고 왼쪽 뒤편에 있는 이발기구 통을 뒤적거려 면도기 하나를 집어 들고 밖으로 나갔다. 이제까지와는 양상이 다른 긴장감이 허공에 뿌려졌다. 성재도 조용한 손놀림으로 가방 안에서 면도기를 꺼내 가운 주머니에 넣고 다시 앉았다. 멀리 통로 쪽에서 움직이는 사내의 모습이 거울에 비쳤다가 사라지고, 시곗바늘은 멈추었다가 가는 것처럼 더디게 움직였다.

성재는 손바닥 사이에 면도기 케이스를 감춘 채 어깻짓으로 가운을 벗어 던지고 빠르게 욕실로 들어갔다. 어두컴컴한 공간 속에 몇 안 되는 사람들이 움직이고 있었다. 성재도 그들 중 하나가 되어 나란히 있는 작은 욕조 셋 중 벽으로 한쪽이 가려진 첫째 탕에 들어가 앉았다. 그러고는 방향을 조정해 얼굴을 최대한 벽 뒤로 감추면서 오래전부터 있었던 사람처럼 다리를 펴고 입구를 살폈다. 땀에 섞여 흘러내리는 염색약을 손으로 훔치고 막 욕조 밖으로 나가려는데 사내가 옷을 입은 채로 출입문을 밀고 들어왔다.

이어 샤워기가 줄지어 있는 벽을 따라 사람마다 일일이 훑어보면서 마지막 샤워기가 있는 벽 끝까지 걸어갔다가 반대편 쪽도 둘러보고는 밖으로 나갔다.

곁눈으로 사내를 주시하고 있던 성재는 재빨리 욕조에서 나와 끝자리의 샤워기로 대충대충 머리를 감으면서 연신 출입문을 지켜봤다. 급한 대로 머리를 감고 한 번 더 헹구고 있을 때였다. 사내가 욕실 문을 열고 다시 나타나 조금 전보다 꼼꼼히 이곳저곳을 살피기 시작했다. 성재는 케이스에 들어있는 면도기를 꺼내 움켜쥐고 별실처럼 꾸며진 세신실 침대 뒤쪽으로 몸을 숨겼다. 귀퉁이에 방향이 꺾여 있어 눈에 잘 띄지 않는 비상문이 보였다. 살금살금 다가가 손잡이를 돌렸으나 꿈쩍도 하지 않는다. 반대편으로 돌려도 마찬가지였다. 살짝 노크도 해보고 세차게 밀어도 봤으나 요지부동이다. 주위를 둘러보니 벽에 하얀 아크릴 팻말이 흔들거리는데 '매주 화요일은 세신 휴업합니다.'라고 씌어 있었다.

다시 돌아 나와 낮은 샤워기가 있는 곳으로 자리를 옮기는데 구부정한 노인이 타박타박 다가왔다. 뒤편으로는 다급하게 사방을 두리번거리는 사내의 모습이 보였다. 가림

막이 되었던 노인이 자리를 고르다가 옆으로 방향을 바꾼다. 성재는 얼른 세신 침대 뒤로 몸을 숨기고 있다가 사내가 돌아서는 것을 확인한 다음 샤워기 앞 의자에 앉아 왼손에 면도기를 쥐고 샤워기를 든 오른팔을 올렸다. 그러고는 다리를 벌리고 의자를 슬그머니 뒤로 빼 공격 자세를 취하려는 순간이었다. 갑자기 정면에 나타난 사내가 면도기가 들려 있는 성재의 왼손을 끌어당겨 운전대 돌리듯 비틀어 거침없이 자기의 목을 그었다.

성재는 욕실 바닥에 엉덩방아를 찧고 재빨리 일어나 손에 들고 있는 면도기와 사내를 번갈아 쳐다봤다. 면도날을 타고 핏방울 하나가 바닥으로 뚝 떨어졌다. 사내의 티셔츠는 삽시간에 붉게 물들고 목을 움켜쥐고 있는 손가락 사이에서도 피가 삐져나와 팔을 타고 흐른다. 성재가 미쳤냐고 소리치자 사내도 지지 않고 누가 할 소릴 지껄이냐고 악을 썼다.

"당신이 방금 내 손을 비틀어 목을 그었잖아! 실수야, 자해야?"

"뭐라고? 면도기를 휘두른 건 당신이야!"

사내가 손가락질을 하며 소리 높여 말하다가 목에서 피

가 쏟아지자 다시 손으로 막았다. 입고 있는 셔츠는 금세 피범벅이 되었다.

"이 사람 이거 완전히 자해공갈단이네."

성재가 어이없어하며 사람들을 둘러보았다. 사내는 별다른 대꾸 없이 몸을 휙 돌려 출입문을 향해 큰 걸음을 옮겼다. 평상복 차림에 덩치마저 큰 사내의 모습은 욕실 안을 가득 메우고도 남았다. 성재가 넋을 잃고 서 있는 사이 거리를 두고 몇몇 사람들이 모여들었다. 성재가 뒤늦게 사내를 좇아가자 하나같이 주춤주춤 뒤로 물러선다. 휴게실 바닥에는 여기저기 핏자국이 찍혀 있었다.

"거기 수건 좀 줘요. 저 사람 피가 장난이 아녀요."

밖으로 나가려던 손님 하나가 수건을 받아들고 되돌아가는 것을 본 몇 사람인가도 뒤를 따랐다. 119에 구급차를 부르는 소리도 들린다. 성재가 그들을 따라 엘리베이터 쪽으로 향하는데 닫히기 시작하는 문 사이로 수건을 목에 댄 그자가 마주 보였다. 성재를 보고 귀퉁이로 몸을 피하며 움츠리자 다른 사람들도 일제히 경계 태세를 취한다. 성재는 가운도 걸치지 않은 자신의 몸을 보면서 뻗었던 손을 거둬들였다. 문이 닫힌 후 이발실로 돌아오는데 몇몇이 모여 웅성거리다가 어물쩍 등을 돌린다. 성재가 상기된 얼굴로 매점 주인에게 이발사를 찾았더니 "글쎄요, 아까부터 안 보이네요." 한다.

"그런 눈으로 보지 마세요. 나 아무 짓도 안 했어요."

성재는 누구에게랄 것 없이 불쾌한 탄식을 토했다. 사람들은 대꾸 없이 흘깃흘깃 성재의 손으로 시선을 옮겼다. 성재도 모두의 시선이 멎어 있는 자신의 손에 들려 있는 면도기를 보고 빠른 걸음으로 욕실로 들어가 바닥에 떨어져 있는 케이스에 담아 들고 밖으로 나왔다.

그제야 한 사람이 다가와 어떻게 된 일이냐고 말을 걸어왔다. 성재가 무슨 목적인지 몰라도 그자가 의도적으로 접근해 자해한 거라고 말했으나 하나같이 믿기지 않는다는 표정을 지었다. 머뭇거리던 성재가 매점 주인에게 다시 다가가 아까 그 사람 자주 오느냐고 묻자 정확히는 모르지만 처음은 아닌 것 같다고 대답했다.

이발실 탁자 위에 두었던 사우나 가방을 챙기면서 면도기를 꺼내 세면대 물에 씻어 다시 넣었다. 웅성대는 소리를 등 뒤로 하고 옷장으로 가서 옷을 입고 나와 통로를 걸어가는데 소파에 앉아 있다가 벌떡 일어서는 이발사가 눈에 들어왔다. 얼핏 봐도 뭔가에 쫓기는 사람처럼 당황하고 있는 표정이 역력했다. 거리가 가까워지기를 기다렸다가 어떻게 된 일이냐고 묻는 목소리도 약간 떨리고 있었다.

"몰라서 물어요? 아까 그자가 시비를 걸어온 걸 잘 알고 계시잖아요."

성재가 마뜩잖은 얼굴로 되물었다.

"저는 자리에 없어서 그다음 일은 모르지요."

이발사는 두 눈을 크게 뜨고 성재를 바라봤다.

"그래서 지금 나한테 뭘 묻고 있는 거죠?"

"119가 와서 누굴 싣고 갔다면서요?"

"그건 알면서 누군지는 몰라요? 그자가 나한테 무슨 짓을 했는지 알아요?"

이발사는 대답 대신 신경질적인 손놀림으로 거울 앞을 정리했다. 더는 답하지 않겠다는 투다. 성재는 이발사의 시선을 다시 붙잡았다.

"그 사람 도대체 누굽니까?"

"저도 잘 몰라요. 혹시 그 후배랑 싸우셨는지 걱정되어 물어본 것뿐이에요."

볼멘 목소리로 대답하는 그의 입에서 후배라는 말이 튀어나왔다.

성재가 이발사를 처음으로 본 건 이 개월 전 근처에 사무실을 차리고 나서였다. 베어링 납품전문회사 중견간부로 재직하고 있었는데 사장이 갑자기 암으로 사망하고 부인이 대표직을 물려받으면서 임원 변동도 그렇고 상하관계가 뒤바뀌기도 해 자의 반 타의 반으로 사직하게 되었다. 자신을 믿고 거래하는 거래처도 몇 군데 있는 데다 열심히 뛰다 보면 월급쟁이보다 나을 거라는 계산이 섰기 때문이다. 쉬면 뭐하냐는 생각에 곧바로 사무실 자리를 찾아다니다가 이 동네에 들어오게 되었다. 길 한편이 높은 담장으로 가려진 철도부지라 임대료가 비교적 저렴하고 도로가 한산해 마음에 들었다. 즉시 입주가 가능한 점도 인연인 것 같았다.

계약을 마치고 바로 영옥과 함께 사무실을 꾸미기 시작했다. 직원 없이 혼자 쓰는 공간이지만 그래도 명색이 회사인지라 이것저것 갖출 게 많았다. 며칠에 걸쳐 모양새를 갖추고 나니 제법 그럴싸했다. 개업 인사말을 만들고 사업

구상을 재정비한 다음 사우나 가방을 들고 처음 이곳에 들렀었다.

"사장님은 일자 면도기를 쓰시네요? 하긴 면도기는 이만한 게 없지요."

이발사는 면도기를 들여다보다가 자신이 사용하는 가죽 띠에 성심껏 날을 세워줬다. 수염이 많은 성재는 안전면도기를 사용하면 피부가 따갑고 깔끔하지도 않아 오래전부터 일자 면도기를 사용했다. 얘길 하다 보니 나이도 비슷한 데다 성품이 친절하고 순박했다. 자연스레 근처에 사무실을 차렸다며 이런저런 대화를 허물없이 나누었다.

이후 일주일에 한 번씩은 들르는 단골이 되었고 특별한 일이 없는 한 화요일 오후에는 의례적으로 가게 되었다. 그러다 보니 전에 근무했던 회사 얘기, 개업하게 된 동기 등을 허심탄회하게 말하며 더욱 가까워졌다. 최근 들어서는 입장료가 50%나 할인되는 초대권도 챙겨주었으며 사용기한이 지났을 때는 그가 하라는 대로 입구에서 전화하면 달려나와 새것으로 바꿔주는 특급 친절까지 베풀었다. 지난주에도 면도날을 갈아주고 "다음 주는 염색하시겠네요?" 하면서 초대권을 건네줬었다.

"그 사람이 후배예요?"

성재가 눈을 크게 뜨고 물었다. 이발사는 친구의 동생인데 예전 이발소를 하던 동네에서 우연히 만났을 뿐이라고 시답잖게 해명했다.

"그런데 아까는 왜 아무것도 모르는 척했어요?"

"뭘 모른 척해요. 제게 형님이라고 부르는 거 보셨잖아요."

이발사는 노골적으로 불쾌한 감정을 드러냈다. 뭐 하는 사람이냐는 질문에도 어디서 뭘 하는지 내막은 전혀 모른다며 괜히 자신과 연관 짓지 말라고 잘라 말했다. 일부 구경꾼들은 은근슬쩍 다가서서 둘의 얘기를 호기심 있게 들었다.

"이름이 뭐예요?"

"웅백인데 그냥 백곰이라고 불러요. 어쩌다 한 번씩 들렀고요."

"그 사람이 나한테 경찰관이냐고 시비 걸다가 나중에는 면도기를 집어 들었어요."

이발사는 놀라는 표정으로 기구 통을 뒤적거리다가 성

재를 쳐다봤다.

"면도기는 그대로 있는데요?"

그러면서 그 친구는 옷도 그대로 입고 있었잖냐며 고개를 갸우뚱했다.

"뭐라고요? 욕실 안에서 분명 면도기를 들고 나를 찾고 있었다고요."

"사장님이 착각하신 거 아닐까요?"

성재는 뭔가 반박하려다가 입을 다물었다.

"아무래도 그자가 함정을 판 거 같은데 일단 112신고부터 합시다."

"제가요? 저는 아무것도 본 게 없는데요?"

"보고 안 보고를 떠나서 이발사님을 찾아온 사람이잖아요."

"싸움은 둘이서 하고 왜 저를 걸고넘어져요? 딱한 친구의 동생인데 저도 지금 처지가 난처합니다."

이발사의 입에서도 큰 소리가 나오기 시작했다.

"지금 싸움이라고 했어요?"

"그럼 뭐라고 해야 합니까?"

성재는 바보가 아니고서야 벌거벗은 사람이 평상복 차

림인 사람을 상대로 면도기를 들고 싸움을 걸 수가 있겠느냐고 언성을 높였다. 그러고는 소파에 털썩 주저앉아 휴대전화를 꺼냈다. 그때 한 사람이 이발실로 뛰어들어오더니 무슨 사고 났냐며 성재와 이발사를 번갈아 쳐다봤다. 반응이 없자 구급차에 올라타고 있는 남자 목에서 수건이 벌게질 만큼 피가 쏟아지더라며 치를 떨었다. 성재가 그 사람이 자해한 거라고 짜증스럽게 소리치자, "자살을 기도한 거군요." 하면서 되돌아갔다.

다시 휴대전화를 들어 막 112에 신고하려는 때였다. 정복을 입은 경찰관 두 명이 들이닥쳐 바로 이발실 쪽으로 다가왔다. 그러더니 소파에서 일어나는 성재에게 다짜고짜로 목격자냐고 물었다.

"목격자가 아니라 피해를 볼 뻔한 사람입니다. 지금 신고하던 중이었고요."

"싸우셨어요?"

"싸우긴요. 그자가 내 면도기로 자해를 한 겁니다."

성재가 손가방에서 케이스를 꺼내 건네주자 경찰관은 바로 뚜껑을 열어 면도기를 확인한 다음 똑바로 바라봤다.

"면도기에 손대지 않았죠? 또 다른 증거물은 없습니까?"

"아무 생각 없이 씻었는데요."

"증거물을 씻어요? 어디에요?"

순간 성재의 얼굴이 벌겋게 달아올랐고 형사는 그럴 줄 알았다는 표정으로 고개를 끄덕였다. 좀 더 구체적으로 말해보라는 표정이다.

"갑자기 달려들어 팔을 꺾고 내 손에 들려 있는 면도기로 자기 목을 긋더라고요."

경찰관은 말없이 듣기만 하다가 면도기를 챙긴 다음 대뜸 성재의 몸을 툭툭 쳐가며 수색했다. 불쾌한 감정을 드러내는데도 절차에 따른 일이니 오해하지 말라는 사무적인 답변만 하고는 하던 일을 계속했다. 성재가 볼멘소리로 그자도 함께 조사받느냐고 묻자 "모르세요? 그 사람은 중태라 응급실로 실려갔습니다." 하면서 신분증 제시와 임의동행을 요구했다. 이발사에게는 일이 끝나는 대로 참고가 될 만한 목격자와 함께 경찰서로 와 달라고 했다. 경찰관이 성재의 신분증과 면도기를 주머니에 넣고 있는데 무전기 신호음과 함께 용의자를 붙잡았느냐고 묻는 소리가 울려 나왔다.

"지금 용의자를 체포해 연행하는 중입니다."

"용의자 체포라고요? 무슨 그런 말도 안 되는 소릴 하고 있어요? 그리고 붙잡긴 뭘 붙잡아요? 내가 신고하던 중이었는데."

거친 항의에 표현이 잘못되었다면 사과한다고 말하고는 이내 다른 경찰관과 함께 성재의 양팔을 끼었다. 성재가 동행을 안 하겠다는 것도 아닌데 이게 무슨 짓이냐며 강하게 뿌리치다가 팔꿈치가 경찰관의 턱을 쳤다. 그러자 경찰관은 곧바로 성재의 양손을 뒤로 돌려 수갑을 채웠다. 성재는 얼굴이 하얗게 질려 이발사를 향해 소리쳤다.

"이발사님은 뻔히 알면서도 왜 아무 말도 안 합니까. 친구 동생이라면서요. 그자들과 한패예요?"

이발사는 여전히 대꾸하지 않았다.

"당신들 지금 큰 실수를 하는 거야. 당장에 변호사 불러줘요!"

경찰관은 서署에 도착해서 원하는 대로 해주겠다며 마구잡이로 성재를 엘리베이터에 태웠다. 일층으로 내려가자 비상등을 깜빡이고 있는 순찰차가 있었고 다른 한 대가 요란스러운 소리를 내며 막 도착하고 있었다.

긴급 체포된 성재는 지구대에서 경찰서로 넘겨져 당직 형사에게 인계되었다. 증인으로 등장한 이발사와 매점 주인은 성재의 눈을 피해가며 오로지 눈에 보였던 대로만 증언을 이어갔다. 최악의 증언을 한 사람은 성재 쪽으로 걸어오다가 되돌아간 노인이었다. 그는 자신의 느낌을 실제 상황으로 확신하고 있었다.

"저 사람이 갑자기 면도기를 휘두르니까 다친 사람의 목에서 피가 솟구치더라고요. 그 사람은 무릎 꿇은 채 살려달라고 애원했습니다."

"면도기로 목을 긋는 것을 직접 목격하셨습니까?"

"그럼요. 내가 그걸 보고 겁이 나 도망치다가 하마터면 뒤로 넘어질 뻔했어요."

노인은 손짓, 발짓을 해가며 증언하다가 어디까지 얘기했는지 잊어버리는 등 횡설수설하기도 했다.

"할아버지는 그 일이 있기도 전에 제가 있는 자리로 오시다 그냥 되돌아가셨잖아요. 뭘 잘못 보고 판단하신 겁니다. 무릎 꿇은 게 아니라 엉덩방아를 찧고 일어난 사람은 저고요."

"그러니까 그쪽 말은 내가 보지도 않은 사실을 씨불이

고 있다, 그 말이요?"

그러고는 노기 가득한 투로 언제 봤다고 할아버지라고 하느냐며 그 말도 틀린 말이라고 이르듯 형사에게 말했다. 또 다른 사람은 욕실 안에서 다친 남자가 도망치는 것을 보고 성재가 뒤쫓아 나왔으며, 피 묻은 면도기를 든 채 휴게실을 서성대는 모습이 상당히 흥분한 사람처럼 보였다는 증언을 했다. 엘리베이터 안에서 목에 수건을 대고 부들부들 떨고 있는 CCTV의 장면도, 들고 있지도 않은 면도기를 들고 있었다고 이발사에게 말했던 것도 유력한 정황 자료로 한몫 거들었다. 그리고 면도기를 물로 씻은 건 또 다른 범죄가 되었다. 형사는, 성재가 아니라고 분통을 터뜨릴 때마다 그대로 기록하면서도 하나의 정황을 완성해 나갔다. 성재의 혐의는 '증거인멸 및 살인미수 특수상해'였다.

입고 있던 옷에 코트 하나만 걸친 채 달려온 영옥은 성재가 다치지 않은 것을 확인하고 나서 도대체 무슨 실수를 저질렀기에 가해자로 몰렸느냐며 기막혀했다.

"나는 죄가 없으니까 걱정 마. 결백이 밝혀지는 건 시간 문제야."

성재가 자초지종을 설명하자 영옥은 돌아가는 상황이 그게 아닌데 지금 죄가 있고 없고가 뭔 필요 있냐며 한탄하다가 이내 현실적인 대안을 찾느라 전전긍긍했다.

영옥의 수소문으로 다음 날 새벽같이 사촌 처남이 소개한 변호사가 찾아왔으나 뾰족한 대안을 제시하지 못했다. 사내의 이름이 '나웅백'이라는 것과 택배 일을 하고 있다는 사실만을 알아냈을 뿐이었다.

"죄목이 워낙 나빠 일단은 피해자와 합의를 봐야 할 것 같습니다."

게다가 증거까지 너무 완벽해 당장에는 뒤엎을 길이 없다는 것이다.

"그럼 엄연히 존재하는 사실은 도대체 뭐에 써먹는 거죠?"

변호사는 난처한 표정을 지으며 입증되지 않는 진실은 아무 힘이 없다고 대답했다. 성재는 검찰에 가서든 법정에서든 결백을 밝히겠다고 울분을 토했다. 변호사는 어쨌거나 48시간 안에 합의를 보지 않는다면 구속은 물론이고 모든 과정을 좌우하는 초동수사에 결정적인 악재가 될 수 있다고 상황의 심각성을 설명했다. 영옥도 일단 나와야 진실을 밝힐 수 있지 않겠냐며 발을 동동 굴렀다. 알 건 다 알았다는 식으로 조서를 마무리해가는 형사는 범행동기를 찾느라 신경을 곤두세웠다.

"혹시 정신과 병원에 간 적 있습니까?"

"올가미를 씌운 건 그놈인데 왜 나한테 모든 걸 맞추려 듭니까? 나는 평생 그런 적이 없을뿐더러 어제는 계약을 체결하고 무척 기분이 좋은 상황이었다고요."

성재의 말을 들은 형사는 조서를 작성하다 말고 고개를 치켜들었다.

"그 사람은 지금 면도칼에 목이 잘릴 뻔하다가 병원에 있어요. 아무리 의도적인 자해라 하더라도 자신을 그 지경으로 만들 수가 있겠어요? 이건 상식적인 얘깁니다."

"범죄를 상식에 어긋나지 않게 저지릅니까?"

"수사는 내가 합니다. 당장 의심이 가는 피의자를 먼저 조사하는 거고요."

형사는 짜증스레 대답하고 질문을 계속했다. 성재가 제아무리 결백을 하소연해도 부지런히 자판을 두드리며 회사 설립과 퇴사 이유 등을 캐물으면서 범행동기를 완성해 나가는 데만 골몰했다.

영옥은 변호사가 전해준 쪽지대로 사내가 구급차에 실려갔다는 병원으로 찾아갔다. 그러나 면회가 금지된 환자였고 보호자의 연락처나 집 주소를 물어도 규정상 알려줄 수 없다고 했다. 변호사에게 다시 부탁할까, 원무과에 찾아가 사정을 말해볼까 서성대고 있는데 조금 전 말해줄 수 없다고 했던 창구직원이 일부러 눈을 마주친 다음 회전문 옆에 서 있는 남자를 고갯짓으로 가리켰다. 영옥의 생각과 달리 말끔하게 생긴 사람이었다. 다시 고개를 돌려 창구를 바라봤더니 재차 고개를 끄덕였다. 곧바로 다가가 등 뒤에서 걸음을 멈췄다.

"저 혹시 나웅백 씨 보호자 되는 분이신가요?"

바깥쪽을 바라보고 있던 남자가 천천히 방향을 돌려 훑어보듯 영옥의 위아래를 살폈다. 거듭해서 나웅백 씨를 찾아왔다고 하자 눈을 마주치지 않으면서 대뜸 아무리 감정이 있다 해도 그렇지 어떻게 사람 목을 자르려고 했냐며 혀를 내둘렀다.

"그건 오햅니다. 제 목숨을 걸고라도 장담할 수 있어요. 우리 애 아빠는 절대로 누군가를 해칠 사람이 아닙니다.

이건 뭔가 잘못된 거라고요.”

남자는 어이없다는 표정으로 듣고만 있다가 천천히 회전문을 향해 걸음을 옮겼다.

“그냥 가시면 어떡합니까. 제 말을 마저 들어보셔야지요.”

“그 정도 들었으면 될 일이지 뭘 더 들으라는 겁니까. 남편은 죄가 없으니까 피해자야 죽든 살든 알 바 아니고 합의서나 써달라는 얘기 아닙니까?”

영옥은 털퍼덕 주저앉아 남자의 무릎을 붙잡았다.

“남편을 너무 잘 알고 있어서 저도 모르게 나왔던 말이에요. 죄송합니다. 치료비는 물론이고 제가 할 수만 있다면 뭐든 원하시는 대로 다 보상할게요.”

잠시 무르춤하던 남자는, 그럼 부인을 봐서 조건을 말해주겠다고 생색을 냈다. 먼저 오천만 원을 주고 경찰서 문을 나오자마자 건너편에 있는 H은행에서 추가로 오천만 원을 더 달라는 것이 조건이었다. 지금 합의가 되지 않아 구속되어 검찰로 넘어가더라도 재판 전에만 하면 나올 수 있으니까 서두를 필요 없다는 여유까지 보였다. 영옥의 말을 들은 성재는 펄펄 뛰었다. 퇴직금을 고스란히 날리는 것도 그렇지만 뻔히 눈 뜨고 이런 일을 당한 게 너무나 분하고 억울했다. 하지만 영옥의 강력한 설득에 결국 받아들이기로 했다.

합의서는 뜻밖에도 거의 성재를 위한 해명서 수준이었다. 얘기나 하러 선배의 이발실에 찾아갔다가 손에 묻은 자동차 기름을 씻으러 욕실에 들어갔는데, 자리에 앉는 순간 미끄러져 실수로 성재의 팔을 붙잡는 바람에 면도기에 목을 다쳤으며, 합의한 대로 보상만 해주면 처벌을 원하지 않음은 물론 일체의 또 다른 요구를 하지 않겠다는 내용이었다.

"나오시라는 연락을 받게 되면 늦지 않게 꼭 나오셔야 합니다."

형사는 곧 죽어도 성재를 위해 모든 편의를 봐줬다는 투였다.

"다 지난 일이지만 한 가지 물어봅시다. 나를 정말로 살인 미수범으로 보았어요?"

"착각하지 마세요. 아직 수사가 끝난 게 아닙니다."

"이대로 끝나면 물론 안 되지요. 수사를 철저히 하기 바라는 쪽은 납니다."

성재의 얼굴을 빤히 쳐다보던 형사는 수사에도 다 요식과 절차가 있어 그대로 진행되었을 뿐인데 왜 시비를 거냐며 손바닥으로 책상을 탁! 쳤다.

"시비라니요? 그동안 내 말에는 전혀 귀를 기울이지 않고 선입견을 맞춰나가려고만 애를 쓴 당신의 덤터기 수사로 한 사람의 삶이 망가질 뻔했던 걸 몰라요? 나는 이제껏 우리나라의 법을 믿었고 그 법이 나를 보호해줄 것으로 여기면서 살아왔습니다. 그런데 이번에 뼈저리게 깨달은 것이 하나 있어요. 뭔지 알아요?"

갑작스러운 큰 소리에 놀란 주변 사람들이 일제히 성재를 바라봤다.

"법이 당신 같은 사람 손에 놀아나는 한, 법을 믿어서는 절대로 안 된다는 겁니다. 무슨 말인지 알겠습니까?"

얼굴이 벌겋게 상기된 형사는 아직 수사도 끝나지 않은 피의자 주제에 무슨 법을 운운하면서 큰소리냐고 씩씩거렸다.

"거 좀 조용히 합시다. 다들 일하는 거 안 보여요?"

형사 한 사람이 벌떡 일어서서 소리치고는 눈을 부라렸다. 수사과 분위기가 삽시간에 살벌해졌으나 담당 형사가 미안하다는 손짓을 하는 것으로 소란은 일단락되었다.

경찰서 문을 나오자 영옥이 기다리고 있다가 두부를 내밀었다. 물끄러미 쳐다보던 성재의 눈에 눈물이 솟구쳐 올랐다.

"이런 게 뭔 소용이야?"

"액땜하는 거라고 생각해."

영옥은 다치지 않은 것만 해도 다행일뿐더러, 사건이 이렇게 끝난 게 퇴직금보다 더 큰 경험이 되었다며 성재를 위로했다. 성재가 입을 꾹 다물고 있는데 긴 그림자를 앞세운 낯선 남자가 다가와 걸음을 멈췄다.

"사모님, 저 아시죠? 은행 안에서 기다릴까 하다가 나왔습니다."

당당하고 끈적거리는 말투였다. 영옥이 남자를 알아보고 알은체하려는데 성재가 그 앞을 가로막았다.

"당신은 누구야?"

"사장님을 이렇게 나오게 해준 사람이지요."

"이 나쁜 자식!"

성재는 단번에 남자를 메치고 발로 목을 짓눌렀다. 너무나 순간적인 일이었다. 질겁한 영옥이 성재를 밀치려 들었으나 허벅지에서부터 있는 대로 힘이 쏠려있는 성재의 육중한 발은 꼼짝도 하지 않았다.

"네놈들 자해공갈단 맞지?"

남자는 목이 밟힌 채 눈을 까뒤집고 헉헉거리면서 손을 좌우로 흔들었다. 화들짝 놀란 영옥은 성재를 향해 "당신 정말 사람 죽이려고 그래? 발을 치워줘야 말할 거 아냐." 하며 허리를 끌어당겼다. 성재는 발을 떼는 대신 손을 뒤로 붙잡아 힘껏 비틀었다. 남자의 어깨에서 빠드득하는 소리가 들리고 얼굴은 견디기 힘든 고통으로 비지땀이 번들거렸다.

"아닙니다. 그건 정말로 아닙니다."

"아니라고? 그렇다면 이렇게까지 해서 돈을 뜯어 가야 하는 이유가 뭐야?"

"웅백이는 제 동생인데 조카아이가 지금 사경을 헤매고 있습니다."

"처지가 어려우면 아무 짓이나 해도 괜찮다는 거야?"

"나쁜 짓인 줄은 잘 알고 있습니다."

"그러니까 불쌍히 여기고 남은 돈을 달라 이거구만."

남자는 나머지 돈은 포기하겠다면서 동생이 택배 일 나간 사이 집이 철거되었는데 학교에서 돌아온 조카가 무너져가는 집 안에 곰 인형을 가지러 들어갔다가 그런 일이 벌어졌다고 주섬주섬 해명했다.

"그자가 친동생이야? 평생 나쁜 짓만 해오던 조폭같이 생겼던데."

"예전에 운동을 좀 해서 생긴 게 그렇지 천하에 순진한 놈입니다."

그러면서 애 엄마가 갓난애를 놔두고 도망가는 바람에 혼자 키우며 아등바등 살고 있었는데, 집이 철거되고 보상금은 쪽방집 주인이 받아 가로채 말 그대로 길거리에 나앉게 된 데다 아이까지 죽을 지경이 되다 보니 그런 계획을 세우게 되었다며 사연을 마저 털어놨다.

"그럼 이발사는?"

"이 일에는 관계가 없는 제 친굽니다. 그 친구를 통해 사장님의 이런저런 내용을 알게 되었을 뿐이에요."

"아무리 돈이 필요해도 그렇지, 제 몸을 그 지경으로 해치면서까지 남에게 누명을 씌운다는 게 말이 돼?"

"눈에 뵈는 게 없었습니다."

"당신은 직업이 뭐야?"

"저는 사다리차 기사였습니다. 삼 년 전에 이삿짐 일을 하다가 강풍으로 사다리가 꺾여 넘어졌는데 밑에서 짐 꾸리는 걸 도와주던 어머니는 현장에서 돌아가시고 저는 화공약품이 든 병에 머리를 맞아 두 눈을 잃을 뻔하다가 간신히 사물을 구별하는 시각 장애인이 되었어요."

파란 하늘의 모진 태양 빛이 남자의 검붉은 얼굴 위로 사정없이 쏟아져 내리고 움켜쥔 성재의 손아귀가 맥없이 풀렸다.

"죽지 못해 버티고 있었습니다. ……정말 죄송합니다."

남자의 눈에서 마침내 눈물이 쏟아졌다. 성재가 맞은편에 있는 H은행을 쳐다보며 영옥에게 물었다.

"지금 몇 시야?"

오래된 기억

어두침침한 방에 군복 같은 걸 입은 보좌관들이 쭉 서 있고 뒤쪽에서 육중한 몸뚱이에 얼굴이 크고 넙데데한 상관이 앞으로 쓱 나섰다.

"일들 보시오. 동무는 거기 편히 앉으시고."

딱 봐도 누군지 알 것 같았다. 이 자者가 바로 전 세계 지도자들을 골치 아프게 만들고 너 죽고 나 죽자고 마음만 먹으면 지구를 파멸시킬 수도 있다는 그 김정은이란 말인가?

"뵙게 되어 영광입니다, 위원장 동무."

"보좌관 동무들이 꽤나 까다롭게 굴면서 확인하려 들었을 끼지만 다 우리 조국을 위한 행동이니 이해하시오."

그러고는 책상 서랍에서 과자 하나를 꺼내 내 앞으로 쭉 밀었다. 통과의례의 약인 것을 단번에 알았다. 주춤거렸더니 먹을 만하다며 과자를 집어 건네준다. 내가 긴장된 낯으로 한입 베어 먹자, 이번에는 시커먼 사각 통 하나를 책상 중앙에 올려놓았다. 앞뒤가 뚫려 있고 속이 텅 비어 있는 통이다. 그는 내게 얼굴을 들이밀라며 시범을 보여줬다.

"이건 사람의 마음을 들여다보는 독심 창窓이오."

나는 이번에도 하라는 대로 했다. 그러자 그도 반대편 쪽으로 머리를 집어넣어 콧바람이 부딪힐 정도로 가깝게 마주보다가 고개를 묵직하게 끄덕였다.

"돈만 준다면 뭐든지 하겠다, 이거구만. 맞소?"

벌떡 일어서 허리를 굽히고 그렇다고 하자 뚜벅뚜벅 걸어가 권총 한 자루를 가져왔다.

"이 안에는 총알이 장전되어 있소. 이걸로 엊그제 헛소릴 지껄이던 남조선 대통령의 주둥아리를 쏘아버리시오. 그러면 끝이오."

나는 양손으로 총을 받아 안주머니에 집어넣고 조금 전까지 까칠하기만 하던 보좌관들의 정중한 배웅을 받으며 밖으로 나왔다. 마음속으로 그건 절대로 불가능한 일이며 지금의 모든 상황은 꿈이 아니고서야 있을 수 없는 일이라 여기고 눈을 힘껏 떠봤다. 그러나 눈이 떠지지 않았다. 잠시 고민 끝에 총을 내던지고 죽어라 도망을 쳤다. 등 뒤에서 사격 소리가 요란하게 들렸다. 다급한 마음에 뺨을 쳐가며 양 눈꺼풀을 마구 쓸어내렸다.

훤한 창문 밖 세상이 나를 들여다보고 있었다. 드디어 꿈속에서 빠져나왔구나, 하고 안도의 숨을 내쉬며 다시 눈을 감았다 떴다. 목덜미에 식은땀이 촉촉이 배어 있다. 집안은 텅 비어 있는 듯 조용하고 멀리서 개 짖는 소리만 간간이 들려온다.

'도시에서 무슨 똥개 소리람?'

마음을 추스르면서 악몽을 꾸게 된 이유를 생각해봤다. 엊그제 일이다. 양 사장도 피할 겸 사무실에 혼자 남아 늦도록 주식시세를 들여다보다 돌아오는 길이었다. 아파트 입구로 들어서는데 골목 끝에서 서너 놈의 패거리가 가로등 불빛 아래로 걸어 나왔다. 후문으로 들어갈 걸 그랬다는 생각은 때늦은 후회였다. 놈들은 다짜고짜로 나를 차에 태워 어딘지 모를 으슥한 창고로 끌고 갔다. 알 만한 놈들인지라 죽이지는 않으리라 여기고 애써 걱정을 덜었다. 두 손을 뒤로 묶더니 처음엔 사정없이 뺨을 몇 차례 갈기다가 이내 장작 패듯 온몸을 두들겨 팼다. 눈에서 별이 팽글팽글 돌고 몸뚱이가 부서지는 나무토막처럼 나뒹굴었다.

"야 새꺄! 그동안 양 사장님이 봐주실 만큼 봐줬는데, 이제는 슬슬 따돌리기까지 해?"

"죽이든 살리든 맘대로 해라, 자식들아!"

"어쭈! 이 새끼 봐라. 어차피 감방이 코앞인데 이쯤 해서 막가자 이거구만."

그러더니 동영상 하나를 틀어 눈앞에 들이밀었다. 내 사진으로 차마 눈 뜨고는 볼 수가 없는 야동을 편집한 것이었다. 얼굴이 화끈거리고 피가 거꾸로 솟는 것 같았다.

"누나가 보게 될 거야. 그리고 이건 서막에 불과해, 새꺄!"

이어서 놈들이 시키고 내가 협조해서 저질러진 회사에서의 비리, 불법으로 자행된 일 등을 늘어놓았다. 그뿐만 아니라 내 휴대전화를 빼앗아 알아낸 가족들과 지인들의 이름과 직업 등을 줄줄이 읊어댔다.

"세상에 털어서 먼지 안 날 사람 없다는 것 정도는 잘 알지? 네가 깨달아야 할 가장 분명한 사실은 돈을 다 갚기 전에는 뒈질 수도, 살아갈 수도 없다는 거야."

다시 생각해봐도 이가 갈리고 몸서리가 쳐진다.

나는 누나 집에 얹혀살고 있다. 월세 아파트에 사는 누나의 꿈은 전세다. 금년 구월 계약 만기일에 반전세로, 이년 후 전세로 바꾸기 위해 불철주야 노력 중이다. 사람 좋은 매형과 하나밖에 없는 나의 누나는 전세 보증금에 쓸 돈을 아무 걱정 없이 나에게 빌려줬다. 팔월 말에 돌려주는 조건이었다. 만약 돈을 돌려줄 가망이 전혀 없는 지금의 내 상황을 알게 된다면 집에서 쫓겨나는 건 당연할뿐더러 아예 의절하려 들 것이 뻔하다.

그나저나 지금 몇 시나 된 걸까? 벽에 걸린 시계를 쳐다봤다. 작은 바늘이 왼쪽에 있고 큰 바늘은 오른쪽으로 건너가 V자를 그리고 있다. 최소한 한낮은 아니다. 지금 일어나봐야 특별히 할 일도 없다. 일요일 오전의 여유를 만끽하며 팔다리를 쭉 폈다. 종아리 뒷부분이 뻐근하기는 하지만 스트레칭의 맛이 느껴진다. 속이 비어서인지 배가 좀 홀쭉해진 것 같다. 뭔가 먹어야겠다는 생각으로 자리를 박차고 일어나려는데 몸이 제대로 움직여지지 않은 채 침대에서 굴러떨어졌다. 그런데도 어찌 된 영문인지 몸은 가뿐히 바닥을 디뎠다.

이상하다 싶어 목을 구부려 다리를 보는 순간 내 눈을 의심했다. 나는 분명 살아있는데 내 몸이 아니다. 휘청거리며 나가 장롱 거울이 있는 안방으로 뛰어 들어갔다. 가구와 조명 스탠드가 정물화처럼 비치고 그 사이로 줄무늬 잿빛 고양이가 거울에 비쳤다. 비명을 지르며 손으로 얼굴을 감싸자 고양이란 놈도 앞발을 들어올려 제 얼굴을 감쌌다. 왼쪽으로 움직이니 그놈도 따라서 움직이고 오른쪽으로 움직이니 또 따라서 했다. 한 바퀴 돌아봐도 마찬가지다. 아직도 김정은을 만난 꿈에서 깨어나지 못했나? 아니면 핵무기를 터뜨려 지구가 멸망하고 새로운 세상이 되어버린 건가? 어쩜 메타버스의 세상?

다시 거실로 나갔다. 현관, TV, 소파, 커튼, 액자 등이 다 어제 본 그대로이고 주방이나 욕실 모습도 그대로였다. 베란다로 나가봤다. 누나 집은 아파트 일층이라 베란다 바로 앞에 화단이 있다. 우윳빛처럼 새하얗던 목련 꽃잎이 시들어 추레하게 늘어져 있고 가지마다 연초록 이파리가 솟아 있는 것도 어제 본 그대로다. 이건 절대 꿈이 아니다. 도대체 어찌 된 일이란 말인가? 혹시나 해서 내 방에 다시 들어가 봤다. 책상, 침대, 옷장, 모든 게 다 똑같고 책꽂이에 있는 책들도 다 내 책이다. 거실로, 방으로, 주방으로 아무리 돌아다녀 봐도 바뀐 게 없는데 나만 예전의 내가 아닌 것이다. 누나나 매형이 들어오면 어쩌지?

일단 자리를 피해야겠다 싶어 밖으로 나왔으나 앞집, 골목길, 아파트 건물 다 똑같다. 뒷산으로 올라가는 길의 낮은 언덕배기 풀숲에 몸을 숨기고 곰곰이 생각해봤지만 왜 이렇게 되었는지 알 길이 없다. 다시 내 몸을 살펴봤으나 그저 길에서 자주 보던 고양이에 불과하다. 야! 하는 소리를 내봤더니 야옹! 소리만 튀어나왔다. 개띠인 내가 개도 아니고 고양이라니 이건 말도 안 된다. 나는 고양이를 무척 싫어했다. 강아지는 사람을 따르기라도 하지 적당히 거리를 두는 습성의 고양이는 애완동물도 야생동물도 아니지 않은가. 야옹거리는 소리가 듣기 싫고 노려보는 듯한 그 눈빛도 싫었다. 눈을 마주치면 당장이라도 달려들어 할퀼 것만 같았다.

회사 근처에서 커다란 고양이가 어슬렁거릴 때마다 짜증 났는데, 어느 여직원이 기다렸다는 듯 매일 밥을 챙겨줘 꼴 보기 싫었었다. 고양이 밥그릇을 들고 양이야, 양이야! 하고 부르면 살이 통통한 고양이 한 마리가 천천히 걸어 나와 천연덕스럽게 그릇을 비웠고, 여직원은 사람 대하듯 다정하게 말을 걸었다. 어쩌다 나하고 눈이 마주치면 "잘 먹죠?" 하면서 씩 웃었다. 그때마다 녀석의 엉덩짝을 걷어차고 싶었다. 밥 챙겨주는 사람들을 미워하며 욕을 하기도 했다. 혹시 그 벌로 이렇게 변한 것일까? 아무리 머리를 쥐어짜도 답이 떠오르지 않는다.

날씨는 화창하고 사월의 하늘은 더없이 푸르기만 하다. 젊은 부부 한 쌍이 유모차를 밀고 다정하게 얘기하며 지나가다가, 나를 보고는 손을 내밀어 불러본다. 단지 안의 놀이터엔 꼬마 아이들이 신나게 그네를 타거나 영화에서 유행하던 '무궁화꽃이 피었습니다' 놀이를 하고 있다. 평화로운 일상의 모습이다. 한참을 그렇게 웅크리고 있는데 바로 앞을 지나가던 학생들이 흘끔 바라보더니, "아이고 깜짝이야." 하면서 옆으로 물러선다.

"저놈이 꼼짝도 안 하고 앉아 있네."

한 녀석이 작은 돌멩이를 집어 던진다. 화들짝 놀라 피하긴 했지만 하마터면 눈을 정통으로 맞을 뻔했다.

"제기랄, 저것들이 미쳤나. 고양이이든 사람이든 가만

히 있는데 왜 시비야?"

냅다 소리 질렀으나 입에서는 이번에도 야옹, 야아옹 소리만 흘러나왔다. 녀석들은 다시 돌을 던지며 달아났고 나는 분하고 원통하지만 어찌할 방도가 없었다. 배에서 꼬르륵 소리가 난다. 이럴 줄 알았으면 집에서 먹을거리나 듬뿍 가지고 나올걸, 후회막급이다. 어린 시절 나의 엄마는 맛있는 게 있으면 감춰뒀다가 누나 몰래 나만 주곤 했었다.

떨어지지 않는 발걸음을 떼어 단지 입구에 있는 상가로 가봤다. 미용실, 카페, 편의점 등 모두 다 평소에 보아오던 모습과 똑같다. 노란 조명으로 외관에서부터 따듯한 느낌이 드는 카페 실내는 더없이 여유롭고 아늑해 보였다. 한가할 때 들러서 마시곤 했던 커피 향의 기억이 둥둥 떠 멀어져간다. 카페를 지나 상가 입구로 들어서 살그머니 계단으로 내려갔다. 나무 도마 위에 생선을 올려놓고 큰 칼을 드럼 치듯 내려치는 소리가 났다. 문밖에서 살그머니 들여다보자 인심 좋아 보이는 아주머니가 손질하고 남은 생선 토막 하나를 던져줬다. 입에 물자 역한 비린내가 입안 가득 퍼졌다. 순간 나도 몰래 욱! 하고 내동댕이쳤다. 엉금엉금 돌아 나와 힘없이 계단으로 올라섰다.

"이놈! 도둑고양이가 어딜 여기까지 돌아다녀!"

바로 뒤에서 발을 구르며 호통치는 소리가 났다. 질겁하고 계단을 단숨에 뛰어올라 밖으로 도망쳤다. 해는 중천을 지나 앞산 능선으로 넘어가고 있었다. 다시 집에 가보니 창문이 그대로 닫혀 있다. 현관문으로 돌아가 보았지만 문을 열 수가 없다. 뒷다리에 힘을 주고 앞발을 높이 치켜들어 버튼키를 누르려고 했으나 어림도 없다. 포기하고 나와 베란다 앞 풀숲에 들어갔다. 영산홍 꽃망울이 송알송알 맺혀 있고 단풍나무 잎사귀는 불어오는 바람에 맞춰 하늘하늘 춤을 춘다. 평화롭고 생기 있는 풍경이 가슴 시리도록 아름다웠다.

내가 고양이로 다시 태어났다면 현재 아무런 할 일도, 걱정도 필요 없다. 평소에 그리던 가장 행복한 순간 아니던가. 그동안 사는 게 너무 지겨웠다. 사람들은 즐거운 용도로 쓰거나 미래를 위해 돈을 번다고들 하지만 나는 당장 고소당하지 않고 회사에서 파면당하는 일을 막기 위해 돈을 벌어야만 했다. 대인관계도 무척 힘들었다. 모든 사람이 돈을 빌린 사람이거나 앞으로 빌릴 대상 중의 하나일

뿐이었다. 그런 와중에서도 유빈 씨를 만난 건 행운이다. 그녀는 나를 정말 좋아한다. 그래도 조금은 행복했었구나, 생각하면서 잠깐 잠이 들었다.

시간이 얼마나 흘렀을까? 어디선가 귀에 익숙한 말소리가 들려온다. 매형과 누나가 팔짱을 끼고 도란도란 얘기하면서 걸어오고 있었다. 반가움과 불안감이 동시에 밀려왔다. 현관문 앞까지 뒤쫓아가 멀거니 쳐다봤더니 누나를 앞세운 매형이 흘끔 쳐다보다가 그냥 안으로 들어가 버렸다. 얼른 베란다 쪽 화단으로 다시 갔다. 거실 창문이 스르륵 열리고 있었다. 바로 앞 단풍나무 밑에서 가만히 기다렸다.

"얘는 어디 나갔나?"

"놀러 나갔겠지, 집에 있겠어?"

누나는 주방과 내 방을 몇 번 왔다 갔다 하다가 소파에 앉아 TV를 켰다. 당장에 급한 건 쓰러질 것 같은 허기를 메우는 일이다. 그런데 어디서 무얼 먹는단 말인가.

'매형과 누나가 내 상황을 빨리 알아차려야 할 텐데 어떻게 알리지?'

뚫어지게 거실을 지켜봤지만 한가롭게 TV만 볼 뿐 나를 걱정하는 기미는 조금도 보이지 않았다. 지나가는 사람이 나를 보고 움찔움찔 놀란다. 잠시 시간을 벌 작정으로 난간 밑에 들어가 웅크리고 있다가 한참 만에 화단으로 나왔다. 어스름한 하늘은 진한 회색빛을 띤 채 하루를 마감하고 있었다. 거실이 보이는 베란다 정면으로 가까이 다가갔다. 불이 켜져 있어 아까보다 실내가 훨씬 잘 보였다.

"벨 소리가 얘 방에서 나는 거 같은데?"

누나의 목소리다. 이제야 내가 없어진 걸 알았나 보다.

"누나, 나야. 나 여기 있어!"

큰 소리로 외쳤으나 야옹, 야옹, 하는 소리만 더 높아졌다.

"가까운 데서 친구랑 한잔하는가 보지 뭐."

"그래도 핸드폰도 안 들고……. 이놈의 자식, 들어오기만 해봐라."

누나는 이를 빡빡 갈면서 투덜거렸다.

"모처럼 걸리적거리는 애 없으니까 좋다."

매형이 키득거린다.

"누가 아니래. 지가 처먹은 그릇 설거지도 안 하는 놈인데.”

“와서 이거나 먹어. 이 집 빵 맛있네.”

두 사람의 말에 서운한 마음은 그렇다 치고 고소한 빵 냄새 때문에 견딜 수가 없다. 잘 구운 빵을 쭉쭉 찢어서 윤기가 자르르한 딸기잼을 발라 먹는 모습이 눈에 선했다. 침을 꼴깍 삼키면서 베란다 난간에 매달려봤다. 할 수만 있다면 폴짝 뛰어올라 죽든 살든 거실로 들어가고 싶다. 다시 “누나, 나야 나!” 하고 불러봤다. 누나가 베란다로 나와 빨래를 걷으며 이쪽을 쳐다본다.

“아까부터 웬 놈의 고양이가 얼쩡거려? 오빠, 이리 좀 나와 봐.”

나는 이때다 싶어 가슴을 팡팡 두드리며 계속 소리쳤으나 고양이 소리만 요란하게 허공을 갈랐다. 매형도 베란다로 나오긴 했지만 나 같은 건 거들떠보지도 않고 빨래만 받아 들고 이내 거실로 다시 들어간다. 우두커니 지켜보고 있을 수밖에 없었다.

시간이 지나자 누나가 거실을 서성거리기 시작했다.

“핸드폰도 안 가지고 나갔는데 이렇게 연락이 없는 건 이상하잖아. 경찰서에 신고해야 하는 거 아닐까?”

"다 큰 놈을 하루 만에 실종되었다고 하면 미쳤다고 할 거야. 좀 기다려보자."

밤이 이슥해지자 누나가 여기저기 전화를 걸어댔다. 매형이 경찰서에 신고하는 소리도 들렸다. 변신한 첫날의 밤은 그렇게 현실이 되어 무심하게 지나갔다.

다음 날 아침, 경찰관이 집으로 찾아왔다가 되돌아갔다. 매형은 여느 때처럼 출근했고 누나는 다시 전화통에 매달렸다. 나는 뱃가죽이 등에 붙어 아등바등 베란다 난간 위로 올라섰다.

"누나, 나야. 나 배고파 죽겠어."

애를 태우고 있던 누나는 벌떡 일어나 현관 신발장에 있는 긴 우산을 들고나와 휘둘렀다.

"이놈의 고양이가 여길 어디라고 와? 에이, 심란해 죽겠구만."

질겁해 아래로 뛰어내려 도망쳤다.

여기저기 먹을거리를 찾아 둘러봤지만 별다른 게 보이지 않는다. 한참을 돌아다니다가 놀이터 옆에 있는 큰 쓰레기봉투를 발견했다. 가까이 다가가 냄새를 맡아보니 참치 냄새가 난다. 코를 벌름거리며 참치캔이 들어 있는 비닐봉지를 찾아내긴 했는데 사람들이 왔다 갔다 해 창피하기도 하고, 맘 놓고 뒤지기가 쉽지 않다. 눈치껏 봉지를 헤집어보니 캔의 골진 부분에 살이 조금 붙어 있고 기름기가 고여 있었다. 할짝거려봤더니 뜻밖에도 고소했다. 봉투를 더 뒤져 조금 남아 있는 바나나우유 통도 찾아냈다. 혀를 길게 집어넣고 감질나게 핥았다. 조금은 살 것 같았다. 쓰러질 것 같은 허기를 면하자 나도 모르게 눈물이 주르륵 흘러내렸다.

집 근처를 어슬렁거리며 며칠째 고심했으나 답이 나오지 않는다. 일도 걱정되고 유빈 씨도 보고 싶어 회사에 가보기로 마음먹었다. 문제는 그 먼 곳까지 어떻게 가느냐는 것이다. 지하철을 탈 수밖에 없는데, 역무원에게 붙잡혀 동물보호소 같은 곳으로 끌려가는 날에는 모든 것이 끝이다. 말이 좋아 보호지 정해진 기간 내에 분양되지 않으면 안락사당한 후 불구덩이로 들어가 한 줌의 재가 되고 말 것이다.

궁리 끝에 사람이 적은 한밤중을 이용하기로 했다. 조심조심 무악재역 플랫폼까지 내려가 음료수 자판기 뒤에 딱

붙어 있는데 지하철이 들어온다는 안내방송이 나왔다. 눈치껏 사람이 없는 쪽으로 기어갔다. 곧바로 지하철이 도착했으나 선뜻 올라탈 용기가 나지 않는다. 가슴만 졸이다가 한 대를 그냥 보내고, 다음 지하철에 사람이 거의 없는 칸으로 잽싸게 뛰어 들어갔다. 군데군데 사람이 있긴 하나 대부분 졸고 있거나 휴대전화만 들여다보고 있다. 텅 빈 의자 모서리에 바짝 붙어 숨죽이고 있었다.

2호선으로 갈아타기 위해 을지로3가역에서 내렸는데 다행히 사람 눈에 띄지 않았다. 조심스레 통로를 따라 움직이는 동안 움찔하며 놀라는 사람도 더러 있었다. 지하철을 바꿔 타고 성수역에서 내리려 할 때쯤 눈이 마주친 여자가 "에구머니나!" 하고 소리 질러 냅다 줄행랑을 쳤다.

역을 빠져나와 익숙한 길을 가는 동안 다소 마음이 가벼워졌다. 엎드려서 올려다보는 듯 훌쩍 높아진 회사 건물이 어색하게 나를 내려다본다. 그래도 널찍한 마당과 잘 가꾸어진 정원은 여전히 포근한 느낌이다. 정문 경비실에서 꾸벅꾸벅 졸고 있는 경비원의 모습이 보인다. 가볍게 한쪽 길로 들어가 사무실 가까이에 있는 자재 창고 처마 밑에 엎드려 밤을 보냈다.

어느새 직원들이 하나둘 출근하기 시작했다. 정문을 지켜보고 있는데 얼핏 한쪽에서 서성대고 있는 낯익은 사람이 보였다. 멀리서 봐도 끈덕져 보이는 인상, 작달막한 키에 곱슬머리, 볼품없이 휘어진 안짱다리, 양 사장이 틀림없다. 나는 끓어오르는 분노에 휩싸여 튕기듯 달려가 양 사장을 향해 몸을 날렸다.

어렸을 적부터 가난에 한이 맺힌 나의 꿈은 애오라지 돈 많이 벌어 부자가 되는 것이었다. 어떤 일이 있어도 가난한 아버지처럼은 살지 않겠다는 다짐에서 만들어진 꿈이었다. 실현 방법도 구체화했다. 대학 시절, 주식으로 대박 난 기사를 유심히 본 후 나라고 못 하라는 법 있겠냐며 주식투자 계획을 세운 것이다. 그리고 곧바로 주식에 관한 다양한 공부를 하며 실전경험도 쌓았다. 규모가 크진 않았지만 대박에 가까운 돈도 벌어보고 깡통이 되는 경험도 했다.

미국에서 돈을 벌려면 월가로 가고 한국에서는 여의도로 가야 한다는 소신으로 대학 졸업 후 증권회사에 들어갔다. 실수만 하지 않으면 돈이 술술 벌릴 것만 같았다. 게다가 허구한 날 주식시세를 들여다보는 증권회사 직원 아니던가. 그렇게 강한 의욕과 자신감으로 일 년 동안 카드 대출까지 받아 투자했다. 그러나 결과는 처참했다. 하루아침에 몇천만 원이 날아가기도 했다. 아차 싶어 증권회사를 그만두려던 찰나 선배가 다니는 지금의 제약회사에 이력서를 내게 되었다. 더는 주식투자를 안 하리라 단단히 마음먹었다.

새 직장에 들어가 이 년이 지난 후 대리로 승진까지 했다. 더욱이 같은 회사 다니는 유빈 씨를 여자친구로 사귀게 되는 행운까지 얻었다. 하지만 주식투자의 유혹은 끈질기게 나를 붙들고 늘어졌다. 한 종목만 빼고 다 정리했었는데 머지않아 다시 주식에 손을 댔다. 손실은 분노와 오기로 발전했으며 손해를 보면 볼수록 나는 점점 더 과감해졌다. 끊을 수 없는 마약 그 이상이었다. 친구는 물론 선배, 후배, 아는 사람들을 다 활용해 돈을 빌렸다. 현물뿐만 아니라 선물, 옵션, 엔젤종목에도 손을 댔으며 어느 순간부터는 가상화폐에도 투자했다. 때로 큰 수익을 올릴 땐 조금만 잘하면 한방에 그동안의 손해를 만회할 수도 있을 것 같았다.

그러다가 사채까지 손을 댔는데 양 사장은 사채업자 중

한 사람이다. 처음엔 친절하기가 이를 데 없었고 가난의 서러움도 잘 이해해주었다. 내가 어려움을 토로할 때마다 선뜻 돈도 잘 내주었다. 그런데 이자를 제때 갚지 못하자 어느 날 갑자기 무자비한 사채업자로 돌변했다. 전화를 조금만 늦게 받아도 당장에 쫓아왔다. 결국, 하루하루 사채 이자를 돌려막기 위해 살아가야 했고 부장에게까지 거짓말을 해 돈을 빌렸다.

어느덧 빚의 규모는 평생 벌어도 갚을 수 없는 수준에 이르렀다. 가족에게 털어놓을 자신도 없고 딱 죽어버리고 싶었으나 죽을 용기도 없었다. 너무 괴로운 나머지 양 사장에게 회사를 그만두겠다고 대들었더니 말미를 주다가 며칠 전의 끔찍한 일까지 벌인 것이다.

"아악! 이놈이!"

양 사장은 간신히 앞발톱을 피하고 한 손으로 나를 붙잡았다. 내가 사생결단하고 이빨까지 들이밀면서 할퀴려 들자 양 사장은 몸을 움츠렸다가 빙 돌며 나를 홱 뿌리쳤다. 저만큼 앞으로 팽개쳐진 나는 절뚝거리면서 풀숲에 숨었지만, 걷잡을 수 없는 눈물이 쏟아졌다. 다시 인간으로 돌아가 양 사장의 노예가 되느니 고양이로 사는 것도 그다지 나쁠 게 없다는 생각마저 들었다. 굳이 양 사장이 아니라도 돈을 벌기 위해 발버둥쳐야 하는, 전쟁과도 같은 이 세상이 지겹도록 싫어졌다. 흐르는 눈물은 점점 많아져 폭포처럼 쏟아졌다. 아무리 울어도 한번 밀어닥친 슬픔은 점점 거세지기만 했다.

한참을 울다 보니 유빈 씨 생각이 났다. 사랑스러운 그 모습만이라도 보고 싶었다. 그렇지만 고양이 몸으로 건물 내부로 들어가는 건 쉬운 일이 아니다. 화단 근처에 숨어 일단 상황을 지켜보기로 했다. 조금 기다리자 남자 직원들이 한 무더기 나와 담배를 피워 물고 이야기꽃을 피웠다. 아는 얼굴들이다. 이런저런 얘기 끝에 내 이름이 튀어나왔다.

"잠수 탔거나 해외로 도피한 게 분명해."

"그 주제에 무슨 해외? 어휴, 난 그놈 재수 없더라."

슬픔을 넘어 배신감과 절망감이 몰아쳤다. 도저히 더는 듣고 있을 수가 없어 건물 모퉁이를 돌아 벤치가 있는 둥구나무 쪽으로 갔다.

'앗! 유빈 씨가 언제 나왔지?'

그녀가 구매부 최양호 과장과 함께 벤치에 앉아 있다. 수심에 가득 차 있을 유빈 씨의 얼굴을 자세히 보기 위해 조심스럽게 다가갔다. 그녀는 연해 웃음을 흘리며 이야기를 하고 있었다. 나에 대한 걱정 따위는 전혀 없고 즐겁고 행복해 보이기만 하는 얼굴이다.

"오 대리가 행방불명이라면서요?"

"그렇다 해도 뭘 어쩌겠어요. 전 신경 안 써요."

나랑 사귄다는 사실을 알 만한 사람은 다 아는데 그녀가 저렇게 말할 줄은 상상조차 하지 못했다. 이를 앙다물고 돌아섰다. 유빈 씨도 회사도 내가 없는 편이 나을지도 모른다. 다시 누나 집으로 갈 수밖에 없는데 또다시 지하철을 타고 갈 기력도 용기도 나지 않았다.

힘들지만 걸어가기로 했다. 허기가 진다. 맥없이 돌아다니다가 쓰레기 더미를 발견했다. 이것저것 다 뒤져 겨우 소시지 몇 조각을 찾아내 허기를 조금 달랬다. 다른 거 뭐 더 없나 기웃거리는데 누런 고양이 한 마리가 어깨 근육을 실룩거리며 천천히 걸어온다. 헉, 하고 뒤로 물러섰으나 자존심이 허락하지 않았다. 나도 인상을 잔뜩 찌푸리고 버텨보았다. 놈은 발톱을 치켜들고 번개같이 달려들어 내 얼굴을 낚아챘다. "이런 미친놈이!" 하면서 대들어봤으나 어깻죽지만 물어뜯기고 도망치는 처지가 되고 말았다. 얼마나 잘 처먹었는지 힘이 장사였다.

어느 건물 기둥 밑에 들어가 울분을 달랬다. 한참 동안 마음을 가라앉히고는 다시 기어 나와 사방을 살폈다. 방향을 정한 다음 걷고 또 걸어 도심을 벗어나 변두리 쪽으로 갔다. 배는 고파 쓰러질 지경인데 아무리 둘러봐도 생선 대가리 하나 보이지 않았다. 축 처진 걸음을 옮기는데 개 몇 마리가 돌아다니는 모습이 눈에 띄었다. 고양이보다는 한결 친밀감이 들었다.

'요즘도 풀어놓는 개가 있나? 반려견이라고 다 집 안에서 귀염받으며 살고 있을 텐데.'

혹시 뭐라도 얻어먹을 수 있을까 하고 살금살금 다가갔다.

"너희들 뭐 하니? 혹시 나도 같이 놀 수 있을까?"

용기를 내 말을 걸어보았다. 하얀 똥개 한 마리가 뭐냐는 눈빛으로 째려본다. 좀 더 가까이 가려는데 이빨을 드러내면서 으르렁댔다. 이어 나보다 훨씬 큰 덩치를 앞세워 우르르 달려들었다. 나는 기겁을 하고 도망쳐 간신히 녀석들의 경계선을 벗어났다.

"이런 젠장! 내가 강아지는 좋아했는데, 저 자식들은 또 뭐야? 내가 뭘 어쨌다고."

위험에서 빠져나오자 참고 있던 서글픔이 다시 한꺼번에 밀려왔다. 하다못해 말이라도 통해야 할 텐데 나는 사람도 아니고 동물도 아니고 이게 뭐란 말인가. 아무도 없는 논둑에 앉아 하염없이 울었다.

개와 고양이, 들쥐들에게 쫓기면서 꼬박 사흘 만에 무악재 아파트에 도착했다. 산 밑에 자리 잡은 아파트 단지만 봐도 반가웠다. 입구에 있는 부동산 사무실의 아저씨도 그대로고 편의점 알바생도 미용실 아줌마도 다 그대로였다. 상가 앞에서 분주하게 짐수레를 끌고 다니는 사람, 슬리퍼를 끌며 편의점에 들렀다가 비닐봉지를 들고나오는 사람, 세탁물을 한아름 안고 계단을 오르내리는 사람 등, 모두가 너무나 부러웠다. 나 빼고 다 행복해 보였다.

일단 베란다 앞으로 가보았다. 창문이 닫혀 있고 조용하기만 하다. 좀 쉬어야겠다 싶어 더듬더듬 난간 밑으로 기어들어 갔다. 어둠 속에 사나운 눈빛 두 개가 보이더니 갑자기 크아앙, 하면서 사납게 달려들었다. 화들짝 놀라 물러서서 쳐다봤더니 희미한 윤곽이 드러났다. 까만 고양이 눈알이 경계의 빛을 풀지 않은 채 노려보고 있고 그 뒤로 꼬물꼬물 움직이는 것들이 보인다. 아직 제대로 눈도 뜨지 못한 새끼들이었다. 그새 여기다 새끼를 낳았다는 말이다. 할 수 없이 누나 집 아랫자리도 포기하고 다른 곳으로 가 외로움과 배고픔을 달래야만 했다.

아침 일찍 어미 고양이와 거리를 두고 누나 집을 살펴봤더니 거실 창문이 열려 있고 가끔 누나와 매형이 왔다 갔다 했다. 평소와 다름없이 아침 식사를 하고 매형이 출근하자 누나는 여유 있게 소파에 앉아 TV를 켰다. 편안해 보이지는 않지만 그렇다고 내가 생각했던 것처럼 걱정스러운 표정도 아니다. 난간 모서리로 살짝 올라가 눈에 띄지 않게 지켜봤다. 누나는 어딘가 전화를 하더니 한 시간이 다 되도록 전화를 끊지 않았다. 동생이라는 말이 연거푸 나오고 돈 이야기가 나오는 것으로 보아 양 사장인 듯했다. 이후 누나는 꼼짝하지 않고 식탁 의자에 앉아만 있었다. 온종일 지켜봐도 주방과 거실을 서성이며 전화만 몇 차례 받았다.

그러다가 다 저녁이 되어 장바구니를 들고 밖으로 나왔다. 나는 기회다 싶어 옆에 바짝 붙어 누나를 따라갔다. 꽤 먼 거리인데도 걸어서 시장으로 가려는 것 같았다. 한동안 나를 의식하지 못하던 누나는 뭔가 약을 사러 약국에 들어가다가 나를 처음으로 바라봤다. 심장이 팡팡 뛰었다. 그 자리에서 앞발을 세우고 앉아 누나와 눈을 마주쳤다.

"누나 나야. 나 준수라고."

누나는 다소 이상한 듯 한 번 쳐다만 볼 뿐 별다른 내색 없이 약국으로 들어갔다. 나는 누나가 나올 때까지 그대로 앉아 기다리고 있었다. 약을 사서 바구니에 담아 들고 다시 나온 누나는 나를 흘깃 본 후 몇 발자국 가다가 걸음을 멈추고 짜증스럽게 나를 쳐다봤다.

"너 왜 자꾸만 나를 따라다녀?"

누나 치마라도 붙들며 매달리고 싶었으나 자칫 경계심만 키우는 꼴이 될까 봐 읍소하는 자세로 조심스럽게 야옹 소리를 냈다. 정면으로 바라본 누나의 얼굴은 더할 나위 없이 어두웠다. 누나는 내게 뭔가 더 말하려 하다가 그냥 가던 길을 갔다. 더는 귀찮게 할 수가 없어 어슬렁어슬렁 뒤를 따라가기만 했다. 시장에 도착한 누나는 안으로 들어

가지도 않고 노점에서 푸성귀 몇 가지와 좌판 두부 한 모만 사고는 다시 집으로 향했다. 현관 앞에 도착할 때까지 나도 누나도 일절 말을 하지 않았다. 누나도 내가 싫은 건 아닌 듯 보였다.

이렇게 누나의 반려묘로만 살아간다 해도 행복할 것 같았다. 그렇다면 이제 내 존재를 알리는 일만 남은 셈이다. 곁에 있을 수만 있다면 모른다 한들 그게 대수겠는가. 하지만 내 예상은 완전히 빗나갔다. 현관문을 연 누나는 발로 나를 들어오지 못하도록 막은 다음 재빨리 들어가 쾅! 하고 문을 닫았다. 내가 동작이 조금만 늦었더라도 그 자리에서 머리가 깨져 죽었을 것이다. 어안이 벙벙해 한참을 그대로 서 있는데 다시 문을 여는 소리가 나더니 누나가 빠끔히 고개를 내밀었다. 나는 다짜고짜 안으로 뛰어 들어갔다.

"너 빨리 못 나가!"

누나는 우산을 들어 겁을 주며 나를 마구 내쫓으려 들었다. 내가 이리저리 피해 다니자 곧바로 경비실에 전화를 걸었다.

"우리 집에 도둑고양이가 들어왔습니다. 빨리 좀 내쫓

아 주세요."

나는 하는 수 없이 반쯤 열린 현관문 밖으로 어슬렁어슬렁 걸어 나갔다. 이후 누나 집으로 돌아가려는 미련을 버리고 쓰레기통을 뒤져가며 하루하루를 살아갔다. 처음보다 요령도 생겨 굶어 죽지 않을 만큼 먹을 것도 찾아 먹었다. 가끔은 길에 빵이나 과자가 통째로 떨어져 있기도 했고 쓰레기통 안에는 먹다 남은 음식이 의외로 많았다. 처음에는 구역질이 나 먹을 수 없었지만 며칠을 굶다 보니 없어서 못 먹을 만큼 맛도 괜찮았다. 그러면서도 누나 집에는 하루 한 번 이상 들렀다. 어느 날인가는, "저게 배가 고파서 그러나?" 하면서 생선 한 토막을 던져주기도 했다. 코끝이 찡해져 그 어느 때보다 맛있게, 대가리까지 남김없이 먹었다.

내 몸을 잃어버린 지 한 달이 되어 간다. 전보다 시간도 많고 할 일이 없어진 나는 어딘가 나와 같은 부류가 있나 싶어 이곳저곳을 헤매고 다니기도 했다. 그렇지만 나와 비슷하거나 하다못해 말이라도 통하는 존재는 어디에도 없었다. 나 자신도 믿어지지 않는데 나 같은 누군가를 찾아

보려고 했다는 것 자체가 어리석은 짓이었다. 집을 지켜보던 중 양 사장이 왔다 가는 모습도 보았다. 그자가 돌아가고 난 후 누나의 흐느끼는 소리도 들렸다. 다 포기하고 밑바닥부터 다시 시작하려고 해도 이제 나는 사람이 아니다. 사람일 때가 너무나 그립다.

'그래, 사람이기만 하면 뭐든 할 수 있을 텐데…….'

지금이 어느 세상인데 불법으로 사람을 좌지우지할 수 있다는 말인가. 당장 회사를 그만두고 파산신청을 하면 새로 시작할 수 있을 것이다. 그동안 나는 이 세상에 먼지만도 못한 존재였다. 아니, 있어서는 안 되는 악이었다. 이제 와서 누굴 탓하겠는가?

나는 풀리지 않는 숙제를 끝마친 듯 묵묵히 뒷동산으로 올라갔다. 산바람이 나를 따라 휘청거린다. 모든 생명의 기운이 솟아나는 봄이라 천만다행이다. 내 몸뚱이도 무엇이든 저 생명의 일부분이 될 것이다. 꽃비가 내리고 물오른 나무의 잎사귀들이 초록빛을 흩뿌린다. 정말 죽기 좋은 계절이다. 딱 하나, 엄마 생각을 하니 가슴이 뻐근하다. 이 세상에서 나를 최고로 여기는 사람인데 효도 한번 못하고 사라지는 게 너무나 한스럽지만, 이 길이 그나마 불효를 덜 하는 것이리라. 온 세상이 짙어가는 녹음으로 가득하지만, 바닥에는 가랑잎이 수북하다.

큰 나무 하나를 골라 바닥의 낙엽을 헤치고 누울 만한 공간만큼 흙을 파냈다. 넓을 필요도 없고 깊을 필요도 없다. 그 안에 들어가 반듯하게 누워 조용히 눈을 감았다. 마음이 편안해진다. 그토록 힘들었던 이제까지의 삶이 오래된 기억처럼 까마득하다. 나의 존재가 꿈속의 고양이이든 사람이든 아무 의미가 없다. 소곤대는 나뭇잎 사이로 파란 하늘이 보인다. 밀려가는 하얀 구름 위에서 신이 내려다보고 있을 것이다. 더듬거리는 손으로 낙엽을 끌어와 몸을 덮었다. 바라지도 않지만 죽으면 혹여 다시 꿈에서 깨어나 원래대로 돌아가는 건 아닐까?

괜찮아, 수고했어

1

넉넉하게 해 놓자며 새로 인쇄해온 명함 박스를 꺼내 한 장 한 장 가위로 네 조각을 냈다가 다시 여덟 조각으로 잘라 휴지통에 쓸어 넣었다. '지점장 정희주'가 잘려 나가는 조각들과 함께 눈물 위에 둥둥 떠다닌다. 시간이 꽤 지난 거 같은데도 상자에 가득한 명함은 그대로다. 가위를 내려놓고 책상 위에 손을 모은 채 한참을 앉아 있었다. 방 안 가득한 적막의 소음이 나를 옥죄었다. 두 시 십 분 전. 자리에서 벌떡 일어나 코트를 집어 들었다.

조용한 복도를 숨듯 지나서 곧장 엘리베이터를 타고 내려가 길을 건넜다. 그러고는 미리 정해두기라도 한 것처럼 좁다란 골목길 끝에 있는 건물 이층 돌계단을 성큼성큼 올라갔다. 고기반찬 없이 더덕을 주재료로 하는 음식점이다.

"식사할 수 있나요?"

브레이크타임이 가까웠으나 군데군데 손님이 있다. 자리에 앉아 시야에 들어온 주변을 눈에 담았다. 부부로 보이는 사람들, 동창끼리 만나는 듯한 중년 여성들, 세대가 혼합된 네 명의 커플도 있다. 붐비는 게 싫어 나처럼 때를 지나 식당에 왔는지도 모른다. 대각선 방향의 팀 하나는 대부분 마스크를 쓰고 있다가 음식이 나오자 마스크를 벗고 조용조용 얘기하며 식사를 한다. 잠시 후 내게도 종업원이 카트를 밀고 와 음식을 내려놓았다. 조금씩 담겨 있기는 하지만 접시가 커서 이내 테이블이 꽉 찼다.

보리와 더덕이 섞여 있는 잡곡밥, 작은 조개가 보이는 맑은 미역국, 양념을 바른 더덕구이, 잡채, 튀김, 샐러드 등 혼자 먹기에는 다소 버거운 양이다. 미역국을 한 모금 떠먹어 보고 잡곡밥에 양념간장을 몇 순갈 올려 천천히 비볐다. 비빈 더덕밥을 한 숟가락 떠먹고 이런저런 음식을 한 젓가락씩 먹어봤다. 정갈한 음식임에도 쉬이 입맛이 당기지 않는다. 일삼아 돌아가면서 한입씩 먹기로 했다. 우선

잡채 접시를 끌어당겼다. 양파, 부추, 당근만으로 조리하고 고기가 들어가지 않아 내가 좋아하는 스타일이다. 아주 천천히 씹으면서 맛을 느껴봤다. 흑임자 소스를 곁들인 감자채, 버섯 탕수육, 고추장에 버무린 연근조림도 먹었다.

꼭꼭 씹으면서 창밖을 내다보았다. 넉넉한 오후의 햇살을 받아 창가에 어른거리는 나뭇가지가 윤슬처럼 다가온다. 호두와 땅콩을 잘게 넣은 새싹 샐러드를 한 젓가락 입에 넣는데 나보다 조금 늦게 옆자리에 앉았던 두 사람이 자리에서 일어섰다. 눈치가 조금 보였지만 아랑곳하지 않고 접시를 거의 다 비웠다. 마지막으로 새콤한 매실차까지 마시고 천천히 계산대로 다가갔다. 언제들 갔는지 식당 안에는 창가에 앉아 있는 한 팀뿐이다.

2

이십 대 초반 직장생활을 시작한 이래 삼십오 년 동안 짧은 여름휴가 외에는 휴식이라는 것을 취해본 적이 없다. 그러다가 쉬거나 놀 줄 모르는 생활 태도가 천성으로 굳어져 버린 것 같다. 첫 직장에서 오 년 넘게 근무하다가 지금의 직장인 보험회사 관리부서로 옮기고 나서도 근무 자세에는 변함이 없었다. 현재 직원이 백 명 남짓한 5개 팀의 지점을 맡고 있는데, 보험설계사를 교육하고 관리하는 업무라 명확한 지침 없이 해결사 역할을 해야 할 때가 많다.

업무와는 관계없이 부부싸움 후 얼굴에 반창고를 붙인 채 찾아와 하소연하는 사람, 형편은 다급한데 당장 해결할 길이 없다며 내 눈치를 살피는 사람, 속이 빤히 들여다보이는 어설픈 각본으로 나를 이용해보려는 사람도 있었다. 때로는 멀쩡히 대화하다가 자기감정에 빠져 눈물을 펑펑 쏟아내거나 갑자기 분노를 터뜨려 나를 당황하게 만들기도 했다. 그러다 보니 일 자체보다 그들의 이야기를 듣고 매듭지어주기가 더 힘이 들었다. 초기에는 크고 작은 경제적 손실이 초래되기도 했다. 그래도 할 수만 있으면 고민을 다 들어주었고 진정으로 아픔을 같이 나누고자 노력했다. 탁상 달력에는 늘 식사 약속이 빼곡했다. 예상 밖의 경조사도 쫓아다니기 힘들 정도로 잦았고 회식 자리는 한 잔씩만 받아도 소주 몇 병은 먹는 셈이 되었다.

그런 노력 끝에 그럭저럭 신뢰받는 관리자가 되었으며 시간이 지날수록 충성도 높은 직원들로 조직이 구성되어 사내에서도 꽤 능력 있는 관리자로 인정받아왔다. 그렇게 삼십오 년의 세월을 말 그대로 눈코 뜰 새 없이 일했다. 그래도 두 아이 기르며 살림을 잘 꾸려나갈 수 있었다는 성취감에 일은 견딜 만했고, 작은 평수나마 아파트도 장만했다. 남편은 자기 생각을 논리의 중심으로 여기고 사는 사람이라 세상 물정과 어긋날 때가 종종 있었다. 그러다 보니 남편이 돈을 벌겠다고 팔을 걷어붙일 때면 내심 걱정이 앞섰고 실제로 헤어나기 힘든 난관에 빠지기도 했다. 그때마다 난감한 현실에 분통이 터지고 눈앞이 캄캄했으나 노력의 결과가 어긋났을 뿐인 걸 어쩌겠는가? 현실을 극복하기 위해서라도 나는 할 수 있는 한 최선을 다해왔다.

그런데 며칠 전 부사장이 저녁을 사겠다고 연락을 해왔다. 자주는 아니지만 가끔 있었던 일이다. 평소 나에게 칭찬을 아끼지 않았고 부럽다는 말도 했었다. 그런데 무슨 일인지 그날은 다른 사람 동석 없이 둘이서만 고급 일식집에서 저녁을 먹잔다. 혹시 대박 정보라도 선사하려는 건가, 은근 기대도 했었다.

"정 지점장, 일하기 힘들지요?"

"아닙니다. 이제껏 해오던 일인데요, 뭐."

부사장의 사무적인 억양에 나도 모르게 긴장된 목소리가 튀어나왔다.

"우리 일이라는 게 젊은 사람들이 계속 치고 올라오다 보면 자리를 물려줘야 할 수밖에 없어요. 나도 마찬가지고……."

그는 내 대답에 아랑곳하지 않고 준비한 말을 했다. 한마디로 명예퇴직 권유였다. 잠시 아무 말도 하지 못하고 입술을 꽉 물고만 있었다. 다른 임원들보다 나이가 많아 언젠가 이런 날이 올 거라 예상은 했으나 지금 시점은 아니었다. 성과도 뒤떨어지지 않았고 능력껏 일하면 되는 분위기였기 때문이다. 앞서 엉뚱한 기대를 걸었던 건 두말할 것도 없고 멋모르고 일에만 숨 가쁘게 매달려온 나 자신이 너무나 한심하고 불쌍했다. 부사장은 자신의 특별 배려가 반영되었다는 공치사와 함께 육 개월 동안 정상적으로 출근하면서 일은 하지 말고 진로를 구상해보라는 말로 면담을 마무리 지었다. 내 젊음을 바친 직장에서의 종말이 그렇게 예고 없이 들이닥친 것이다. 회사를 원망하기에 앞서 당장 어떻게 살아가야 할지 막막하기만 했다.

남편은 몇 차례 실패 후 슬럼프에서 벗어나지 못하고 소일거리로 친구 회사에 나가고 있지만 자기 앞가림에 머무는 터라 아직 기댈 수 있는 버팀목이 되지 못했다. 아들은 불량 친구들의 꼴을 용납하지 못하는 결벽성 때문에 스스로 외톨이가 되어 전학까지 시켜봤으나 끝내 재수생 처지가 되어 있는 상태다. 딸아이는 무난히 자라 대학에 들어가자 학원과 카페에서 열심히 아르바이트하며 제 용돈벌이는 알아서 하고 있었는데 뜬금없이 갑상샘 기능 이상으로 면역력이 현저히 떨어져 곧바로 휴학시키고 현재 치료에만 전념하도록 하고 있다. 하나같이 내 보호가 필요한 가족들이다. 이런 판국에 나마저 백수가 될 처지에 놓인 것이다. 생각하면 할수록 회사의 처사가 야속했다.

'내가 뭐가 부족하다는 말이야? 어제까지도 칭찬이 자자하던 사람이……. 우리 지점이 실적이 부족한 것도 아니고, 그깟 나이가 많다는 거 그거 하나로 날 자를 수 있어?'

그날 밤 창문이 훤해지도록 잠을 이루지 못했다.

3

시간은 망각의 묘약이다. 햇살이 바뀌면서 점차로 조금

함이 줄어들고 어색했던 놀고먹기도 그런대로 견딜 만해졌다. 그렇다고 짊어진 십자가의 무게가 가벼워진 건 아니었다. 쫓기는 마음에 먼저 퇴직한 사람들도 만나보고 컴퓨터에 매달려 정보가 될 만한 것을 뒤져보기도 했다. 그러나 무엇 하나 뾰족한 대안을 찾을 수는 없고 내 한계가 여기까지라는 허무한 생각만 들었다. 직원들은 업무보고를 하지도 않았고 위에서 뭔가를 지시하는 일도 없었다. 가끔 찾아와 하소연하는 직원은 더러 있었다. 그때마다 친절히 상담해주었으나 내 마음부터가 예전 같지는 않다. 출퇴근 시간은 꼬박꼬박 지켰다. 불쑥불쑥 공짜 급여인지 위로 급여인지 팽개쳐버리고 뛰쳐나가고 싶기도 했지만 그건 주제넘은 화두다.

이제 삼십 분 후면 퇴근 시간이다. 할 일 없이 의자를 빙 돌렸다가 제자리에 머물렀다. 예전 같으면 하루 일을 마감하느라 한창 바쁠 시간이다. 먼저 퇴사해 독립 대리점을 운영하는 사람을 다시 만나볼까 하고 전화기를 들었다가 도로 내려놓았다. 엊그제 만났을 때 그녀는 두 손을 거머쥐며 너무나 과도한 환영 의사를 표현했었다. 책상 위엔 길에서 받은 헬스장 전단이 놓여 있다. 한 번도 관심을 가져본 적 없는 용어들이 즐비하다. 개인 맞춤형 피티, 줌바, 요가, 필라테스, 스피닝 등등. '운동은 선택이 아닌 필수'라는 큰 글자가 눈에 들어왔다. 자신감 넘치는 표정으로 갈색 근육을 과시하는 여성 모델도 인상적이다. 모델 사진 위에 내 얼굴을 바꿔놓고 상상하다가 소리가 날 정도로 킥킥 웃었다.

'엎어진 김에 쉬어간다는데 나도 운동이나 해볼까? 나야말로 요즘 밥맛도 없으면서 먹지 않으면 갑자기 당 떨어진 사람처럼 기운이 없잖아.'

쫓겨나는 기분으로 퇴근이라는 것을 해 집 주차장에 도착했으나 선뜻 내려지지 않는다. 운전대에 잠시 얼굴을 기댔다. 산다는 것 자체가 허망하다는 생각과 함께 온몸이 깊은 땅속으로 꺼져 들어가는 기분이다. 가족들을 위해서라도 힘을 내자고 다짐하며 손을 꽉 움켜쥐고 차에서 내리려는데 전화가 울렸다.

"막내 말이다."

"응, 엄마."

"그냥 저대로 놔둘래? 심 서방한테 중매 좀 서라고 해."

"장가는 지가 알아서 가야지, 희철이가 가진 게 뭐가 있다고 중매를 서?"

"너는 맏이가 돼서 동생 걱정도 안 되냐?"

"엄마! 결혼이 억지로 되는 건 아니잖아."

지금 심 서방은 자기 앞가림하기도 바쁘다고 언짢은 속내를 말할까 하다 그만뒀다. 짜증이 잔뜩 밴 투로 집에 갔을 때 얘기하자며 전화를 끊고 나자 마음이 더더욱 울적해졌다. 뭐 하나 내세울 것 없는 나이 많은 남자에게 어느 여자가 시집오려 한다고 저토록 성화일까? 한때는 나도 남동생 결혼을 위해 무던히도 애를 썼었다. 그런데 중매란 것이 마음먹는다고 되는 일이 아니었다. 어차피 한 집 건너 이혼이라는 말도 있는데 총각 딱지 떼자고 억지로 엮어 마지못해 사느니 좋은 인연을 만날 때까지 기다리는 게 맞다 싶었다. 문제는 엄마의 성화다. 희철이 본인도 웬만하면 가려고 노력하지만 그렇다고 엄마를 위해 결혼에 목맬 생각은 없다고 했는데 아무리 설명해도 통하지 않는다. 그저 당신은 장가 못 간 막내아들이 불쌍하고 신경도 쓰지 않는 것 같은 큰딸과 큰사위가 못마땅할 뿐이다.

4

멈칫거리는 계절이 찬바람을 날리는데도 앙상한 나무는 반응이 없다. 일을 놔서 편해지기는커녕 오래된 어깨통증 외에 손목과 무릎까지 시큰거리고 아프다. 생각이 많아 잠을 못 자는 건지 잠을 못 자니까 생각이 나는 건지 지난밤도 잠을 설쳤다. 동분서주하며 뛰어다닐 일도 없는데 몸은 나른하기만 하다. 일에 쫓기던 사람이 갑자기 한가해지면 병난다는 말이 이래서인가 싶다. 망설이던 끝에 서랍에 넣어두었던 전단을 꺼내 들고 헬스장을 찾았다.

직원은 골프존, 라커룸, 각종 운동기구 등을 보여주면서 친절하게 설명해줬다. 체성분 검사도 해주며 근육 없이 체지방률이 높고 오십견이 심한 데다 거북목도 이대로 두면 더 나빠진다고 엄포를 놓았다. 그러고는 트레이너의 일대일 맞춤 지도를 적극적으로 권했다. 결국, 부담도 적고 여럿이 춤을 추면서 하는 운동이라는 점에 끌려 요가와 줌바를 할 수 있는 종목으로 계약을 했다. 평생 운동에 관심을 가져본 적 없는 나로서는 대반전이었다.

때마침 줌바 수업이 있는 날이라 곧바로 입실했다. 모두 몸에 딱 달라붙는 옷을 입고 준비운동을 하고 있었다. 시간이 되자 음악을 틀어놓고 강사와 회원들이 바로 운동을 시작했다. 박자에 맞춰 따라 하기는커녕 비슷하게 발을 떼기조차 어려웠다. 그래도 처음이라 그렇겠거니 여기고 열심히 따라 했다. 팔다리를 휘저으면서 이리 뛰고 저리 뛰고 하다 보니 숨이 턱까지 차올랐다. 금방이라도 쓰러질 것만 같았다. 너무 힘들어 수건으로 땀을 닦는 척하면서 잠깐씩 쉬었다. 다른 사람들은 쉬지도 않고 잘만 뛰었다. 그렇게 오십 분을 뛰고 나자 샤워를 한 것처럼 머리가 흠뻑 젖었다. 운동이란 것이 이렇게 힘들 줄은 상상도 못 했다. 힘든 것도 문제지만 도저히 리듬을 쫓아갈 수가 없었다.

수업이 끝나고 라커룸에 들어갔는데 곧이어 강사도 들어왔다. 용기를 내 말을 걸었다.

"조금 일찍 오면 기본동작이라도 가르쳐줄 수 있나요?"

"집에서 유튜브 보고 연습하시면 돼요."

수업 시간과 달리 딱딱한 대답에 더는 묻지도 못했다.

이후 강사의 말대로 유튜브를 보며 죽어라 따라 해봤다. 결코 쉬운 게 아니었다. 춤을 춰본 지가 언제였는지 기억도 나지 않는다. 고등학교 때 무용 시간이었다. 강당에서 수업하다가 선생님이 갑자기 모두에게 동작을 멈추게 하더니만 내게 방금 한 동작을 혼자 해보라고 했다. 얼굴이 새빨개져서 할 수 없이 열심히 하긴 했는데 모두가 웃음을 터뜨려 얼마나 무안하고 창피했는지 잊을 수가 없다. 그리고 이십 대에 디스코텍이라는 곳에 몇 번 가본 게 전부다.

집에서 조금이라도 연습한 덕인지 그럭저럭 줌바 수업에 익숙해지긴 했으나 숨이 차서 오십 분을 견디기는 여전히 힘들었다. 나이가 많아 보이는 사람도 몇 있었고 젊다고 해봐야 대부분 사십 대인데도 나 외에는 중간에 쉬는 사람이 없었다. 그중 한 여자는 머리를 질끈 묶고 거의 무아지경에 빠진 사람처럼 춤을 추어댔다. 박자가 틀리거나 흔들리는 뱃살에도 아랑곳하지 않았다.

내가 세상을 잘못 알고 살아왔거나 아니면 그녀가 제정신이 아닌 것으로 보이기까지 했다. 일순 결단을 내리고 그녀를 따라 냅다 휘저었다. 나중에 알고 보니 그녀는 주한 D 대사관의 직원이었다. 그동안 삶의 전부였던 회사 속의 내가 땀방울에 녹아내리면서 까마득하게 잊고 있던 어린 시절의 일들이 모락모락 피어올랐다.

5

찬희로부터 영양강모임(영등포구, 양천구, 강서구에 주소지를 둔 초등학교 동창들의 모임)에 나오라는 연락이 다시 왔다. 여러 번 요청이 있었으나 바쁘다는 핑계로 한사코 거절했었다. 그녀는 예나 지금이나 항상 씩씩하고 무슨 일이든 열심이다. 방송국에서 다큐나 예능 프로의 장비, 소품, 의상 등을 책임지는 일을 오랫동안 해왔는데 지금은 뜻밖에도 인터넷 쇼핑몰에서 닭갈비를 판다. 장사도 꽤 잘된다고 한다. 가히 여장부다운 변신이었다. 한때 연락이 끊겼었는데 물어물어 나를 찾아내서는 현재 가깝게 지내고 있다.

이참에 심란한 마음도 잠재울 겸 못 이기는 척 모임에 나갔다. 열 명 남짓 모인 허름한 오리고기 식당이었다. 넓은 냄비에는 부추를 듬뿍 넣은 오리고기가 보글보글 끓고 있었고 도토리묵, 해물파전, 각종 채소와 함께 곁들여 나온 반찬들도 푸짐했다.

"너 왈패 희주구나. 반갑다."

누군지도 모르는 중년 남자가 대뜸 반말을 하는데 나는

존댓말을 해야 할지 반말을 해야 할지 선뜻 말을 꺼내지 못했다.

“나 석영이, 김석영. 3학년 때 네가 날 깔고 앉아 똥 밟은 신발짝으로 두들겨 팼잖아.”

맞다. 어렸을 때 나는 화가 나면 남자애들도 깔아 눕히고 올라앉아 두들겨 팼었다. 그 후로 왈패라는 수식어가 붙었다.

“똥 묻은 신발이라고?”

누군가가 되물었고 나는 삐져나오는 웃음을 입안 가득 삼켰다. 석영이 곧바로 똥은 농담이고 나머진 사실이라고 해명하자 모두는 한바탕 호쾌하게 웃어젖혔다.

“나는 박규연. 다들 동창이니까 편하게 말하자.”

“어 어, 그래.”

하나같이 머리숱이 적고 배도 나오고 주름이 가득한 중년의 얼굴들이다. 동창들은 이내 내게 특별히 관심을 두지 않고 자기들 얘기하기에 바빴다. 명퇴 얘기, 건강 얘기에 가끔은 주식이나 부동산 등 재테크에 열을 올리기도 했다. 찬희는 모임에 자주 나가서인지 잘도 어울렸다. 어색하게 자리를 지키고 있는데 뒤늦게 또 한 남자가 들어섰다. 그

역시 환갑을 바라보는 중년의 평범한 남자였다. 그는 늦어서 미안하다며 소주잔을 받다가 나를 흘깃 쳐다봤다.

"명준아, 자주 좀 나와라. 이제 퇴물 된 나이에 친구밖에 없어."

"그건 그래."

이름을 듣는 순간 내 눈이 동그래졌다. 그는 해죽이 웃기만 했다. 얼핏 스쳐 가는 얼굴이 있었다. 기억 속의 얼굴은 길쭉한데 그의 얼굴은 둥글넓적하다.

초등학교 친구들이 대부분 같은 중학교에 들어갔다. 중학교 1학년 때 나는 4반이었는데 남학생, 여학생 비율이 안 맞아 4반만 혼합반이었다. 당시 학교에서 생각해낸 묘책이었는지 성적순으로 뽑아 4반을 만들었고 우수반의 대명사가 되었다. 같은 반 친구들이었지만 처음에는 이성 간에 서로 말도 하지 않았었다. 점차로 간단한 말 정도는 건네는 아이도 있었지만 대부분 말 한마디 하지 않고 지냈다. 그러나 날이 가면서 은근히 마음에 드는 이성 친구에게 멀리서나마 눈길을 던지기도 했다. 우리 반에 같은 초등학교를 나온 최명준이라는 아이가 있었는데 서로 알은체하지는 않았지만 언젠가부터 살짝살짝 던지는 시선이 느껴졌다.

단체로 영화 보러 가기로 한 어느 날이었다. 명준은 오전부터 괜히 실실 웃고 목소리를 키웠다. 도시락을 먹을 때도 은근슬쩍 쳐다보면서 눈을 마주치곤 했다. 교실이 아닌 영화관으로의 동행에 기대가 컸던 것 같다. 그때 나는 영화 관람료를 내지 못해 함께 갈 수가 없었는데, 명준의 속마음을 고스란히 의식하고 있었다. 수업이 파하고 다들 들떠서 부지런히 가방을 쌌다. 유난히 부산을 떨며 즐거워하던 명준은 뒤늦게서야 내가 가지 않는다는 사실을 알았다. 그때의 실망하던 표정은 오랫동안 지워지지 않았었다.

그런 일이 있고 난 후 어느 날인가 신발장에서 신발을 꺼내 신다가 화들짝 놀랐다. 신발 안에 알밤만 한 크기의 귀여운 조약돌이 들어 있는 것이다. 이후로도 자주는 아니지만 몇 번 더 그런 일이 있었고 나는 명준이 한 짓이라는 것을 알고 있었다. 그러나 한 번도 내색한 적 없었다. 명준 또한 나에게 말을 걸거나 그 흔한 편지조차 넣어둔 적은 없었다. 2학년에 올라가서 우수반은 해체되었고 명준과 같은 반이 되는 일은 다시없었다. 그리고 고등학교에 들어간 이후로 우연히 마주치거나 누군가로부터 소식을 듣게 되는 일도 없었다. 그런데 아직껏 이름을 기억하고 있는 것을 보면 나의 뇌리에 그 아이가 또렷하게 새겨져 있었던 모양이다.

"명준이 너는 아직 건재하지? 회사는 언제까지 다니냐?"

"나도 길어야 이삼 년이지 뭐. 요즘은 악착같이 일 안 해."

"그래도 끝까지 버텨라. 일 놓으면 폭삭 늙는다."

친구들의 말로 미루어볼 때 아직 직장에 다니는 것 같았다. 찬희가 내 어깨를 감싸 잡으며 호들갑스럽게 나섰다.

"얘는 희주, 정희주. 기억나지?"

"글쎄……."

그가 잘 모르겠다는 듯 대꾸하면서 쳐다본다. 민망해 고개만 까딱했더니 그도 눈만 껌뻑하고는 이내 눈길을 거뒀다. 나는 어색하게 웃었다. 명준은 궁금한 게 없는지 아무것도 묻지 않았고 특별히 신경을 쓰지도 않았다. 규연이 다들 주목하라며 시선을 끌어모았다.

"얘들아, 인생 얼마 안 남았어. 즐겁게들 살아라. 허무한 게 인생이라더니 요즘은 정말 겁난다. 어쩌다 보면 한 달이고 금세 일 년이야. 그래서 말인데……."

"야! 뭔 말 하려고 그렇게 뜸을 들여?"

규연의 말은 이랬다. 주호가 김포에 이백 평 남짓 되는 밭을 가지고 있는데 시간 되는 사람이 나와서 심고 가꾸는 주말농장을 운영하자며, 바이러스에 화학비료가 판치는 세상이니 밖에서 만나는 것보다 거기서 직접 가꾼 농작물로 다 같이 음식도 만들어 먹으면 좋지 않겠냐는 것이었다. 모두 좋다고 합세하며 심고 싶은 작물 이름을 읊어댔다. 명준은 무슨 생각을 하는지 별로 말이 없었다. 설마 그때의 일을 기억도 못 할 리는 없다. 피식 웃음이 나왔다.

어쨌든 동창들은 주말농장에 대찬성하고 나섰다. 밭 주인보다 다른 사람들이 더 열성이었다. 주호가 쓸 만한 컨테이너까지 준비해놓겠다는 바람에 농막을 위한 큰돈은 필요 없게 되었다. 그밖에 필요한 살림 도구는 각자 능력껏 헌납하기로 하고 찬희가 총무를 맡기로 했다.

6

내가 멈춰 있으면 아무것도 되지 않을 것 같은 집안 분위기에 조금씩 변화의 새싹이 돋기 시작했다. 온종일 말 한마디 없이 지내던 딸아이가 명랑한 표정으로 가벼운 집

안일을 거들었다. 아들은 대학에 꼭 들어가고야 말겠다며 뒤늦게 공부에 열을 올렸다. 남편은 새로 도전하는 감리사 시험에 자신감을 보이면서 이참에 아예 가장의 짐을 벗으라고 내게 큰소리쳤다. 그동안 노력했던 세월의 보람을 눈으로 보는 듯했다. 마음속에 훈훈한 바람이 불어왔다. 현실적인 해결책에 앞서 나는 여전히 건강하고, 하려 들면 뭐든 못할 게 없다. 우리나라만 해도 직업의 종류가 이만 가지가 넘는다고 한다. 쉬다 보면 예전보다 훨씬 더 좋은 기회가 오지 말라는 법도 없을 것이다. 막연한 기대감 속에 시간은 무심히 흘러갔다.

봄바람이 산들산들 불어오는 날, 찬희와 함께 주말농장을 찾았다. 나도 약간의 모금에 참여한 컨테이너 농막은 그런대로 아담한 모임 장소가 되어 있었다. 책상, 플라스틱 의자, 가스레인지, 부엌살림 도구가 갖추어져 있고 냉장고 안에는 음료수에 맥주, 소주병까지 가득 채워져 살림집을 방불케 했다. 남자들은 밀짚모자에 장화를 신고 진짜 농부들처럼 일했다. 풀을 뽑기도 하고 호스를 늘어뜨려 물을 뿌리기도 했다. 한쪽에서는 고랑을 내면서 무슨 모종인가를 심었다. 밭을 둘러보니 쑥갓, 상추가 제법 앙증맞게 자라 올랐고 작게나마 오이와 가지도 열렸다. 막대를 타고 올라간 초록 잎사귀 사이사이에는 하얀 꽃잎을 밀어내고 조그마한 고추가 대롱거렸다. 흔한 농작물인데도 친밀감과 함께 생명의 신비로움이 느껴졌다.

밭 주변 군데군데에는 노란 민들레가 살포시 미소를 지으며 흔들거렸다. 언젠가 시골에서 민들레 잎사귀를 뜯어본 적이 있어 반가운 마음에 연한 것으로 골라 뜯었다. 비슷한 모양의 왕고들빼기도 뜯었다. 금세 손톱과 손가락에 때가 낀 것처럼 까만 물이 들었다. 내가 뜯은 왕고들빼기와 민들레로 찬희는 매실즙을 넣고 겉절이를 했다. 쌉싸름하면서도 매콤 새콤한 맛이 입안에 감돌았다. 은숙은 밤과 은행을 넣어 찰밥을 지었다. 먹는 것을 별로 좋아하지 않던 나도 오랜만에 자연의 맛을 흠뻑 느꼈다.

"얘들아, 나 다음 달에 빨래방 개업한다."

민식이 뜬금없는 선언을 했다.

"빨래방? 대기업 임원 하시던 분이 어떻게 그런 일을 해?"

"별로 어렵지 않아. 좋은 장소에 기계 들여놓고 가끔 가서 확인만 하면 되는 거야. 지금 세탁일도 배우고 있어. 많은 돈은 아니어도 굶지는 않을 거다."

모두 손뼉을 치면서 축하해줬다. 나는 속으로 그런 것도 있구나, 하고 감탄했다. 석영은 축하주를 마시자며 건배를 제안하고는 민식의 말을 거들었다.

"나는 문구 가맹점을 할까 생각 중이야. 자리만 있으면 무인점포도 된대."

너도나도 처지가 비슷한지라 신종사업 아이템 얘기에 열을 올렸다. 듣고만 있었지만 생각지 못한 다양한 아이디어는 내 마음속의 불안감을 덜어내는 데 적지 않은 역할을 했다.

7

그동안 들여다보지 못하고 혹사만 하던 몸 여기저기서 돌봐달라고 아우성이다. 고질병인 왼쪽 엄지발가락 통증이 오늘은 구두도 못 신을 정도로 심하다. 양말을 벗고 발을 자세히 살펴봤다. 엄지발가락 옆쪽으로 사마귀 같은 살이 툭 튀어나와 있고 발가락 모양도 약간 휘어져 있다. 오른쪽 어깨, 왼쪽 손목도 계속 아프다. 계단 오르내릴 때 무릎이 시큰거리는 것도 어제오늘의 일이 아니다. 이렇게 쉬지 않았다면 무슨 사달이 나도 났을 것이다.

딸은 면역력 수치가 좋아져 다음 학기에 복학하기로 했는데 아들은 왠지 한때 달아오르던 열기가 사그라드는 것으로 보인다. 밤늦게 축 처진 어깨로 들어오는 아들을 보면 안쓰럽기만 하다. 뒤따라 들어갔더니 "왜? 뭐 할 말 있어요?" 하고 무뚝뚝하게 묻는다.

"아들! 힘들지 않아? 대학은 십 년 지나서 가도 돼. 너무 힘들면 쉬었다가 언제든 네가 공부하고 싶을 때 해."

"저 대학 안 간다고 말한 적 없는데요. 공부도 열심히 하는 중이고."

"그런데 왜 그렇게 기운이 없어?"

"엄마가 괜히 앞질러서 걱정하는 거죠."

"그래? 엄마는 그냥 너무 걱정하지 말라는 뜻으로 한 말이야."

애써 다독거리고 안방으로 돌아왔으나 가슴에 휑한 바람이 분다. 왠지 내 존재감이 사라지고 있는 것 같은 느낌도 들었다. 일만 해도 그렇다. 영양강모임에서 친구들의 여유만만한 이야기를 들을 때는 나라고 못 할 것도 없을 것 같았는데 갑자기 자신감이 떨어졌다. 무슨 일이든 새로 시작하려면 자금이 필요하고 혹여 결과가 좋지 않으면 그 뒷감당을 혼자 해야 하지 않는가? 마음속에 이전보다 더한 먹구름이 밀려왔다.

부정적인 생각을 떨치기 위해 뜸했던 헬스장에 갔다. 시름을 잊고 충전 받는 느낌이 확실하게 들기 때문이다. 러닝머신도 뛰어보고 운동기구도 조금씩 만져봤다. 나를 줌바에 빠지게 만든 그녀가 숨을 몰아쉬며 말을 걸어왔다.

"빠지지 마세요. 일주일에 두 번은 뛰어주어야 해요."

"생각이 많아선지 집중이 안 되네요."

"생각 없는 사람이 세상에 어디 있어요? 그러니까 뛰는 거죠."

8

부사장의 보너스 기한이 얼마 남지 않았다. 그래도 아직 주말이면 휴일의 기분이 남아 있는 터라 찬희가 일찍부터 얘기해둔 주말농장에 따라나섰다. 비닐하우스 창고에는 농기구가 제법 갖춰져 있었고 농막에도 처음보다 살림살이가 꽤 늘었다. 선풍기도 몇 대 보이고 쓰던 물건인 것 같긴 하지만 에어컨까지 있었다. 몇몇 남자와 은숙, 민서가 고추를 따고 있다가 반갑게 맞았다. 민서가 바구니를 내주며 내게도 고추를 따라고 했다.

"고추가 아삭아삭하고 맛있어. 농약 안 친 거니까 따갈 수 있는 만큼 따가."

씨알이 굵어진 가지와 오이도 보이고 몇 그루 안 되지만 토마토도 있었다. 농막 지붕을 타고 이파리 사이사이의 하늘에 열린 것은 생전 처음 보는 여주라고 했다.

"저쪽에 옥수수도 있고 고랑 끝에 가보면 호박도 열려 있다. 한번 잘 찾아봐."

"너희들 대단하다. 농사를 언제 그렇게 지어봤어?"

"해보긴, 다들 처음이야. 가을에는 배추와 무도 심을 거다."

나도 재미 삼아 고추를 땄다. 어느새 빨갛게 익어가는 것도 있었고 따고 또 따도 눈길이 머무는 곳마다 주렁주렁 달려 있었다. 오이와 토마토도 몇 개씩 따보았다. 얼마쯤 지나 승합차 한 대가 들어서더니 명준과 홍규가 내렸다.

"어서들 와라. 고기 사 왔지?"

"그러엄! 충분히 샀으니까 실컷 먹을 수 있어."

밭에서 바로 뜯어온 채소를 쌈으로 준비하고 쪽파를 뽑아 파전도 만들었다. 다들 시장에서 사다 먹는 것과는 비교가 안 된다며 쌈채소에 고기와 양념장을 듬뿍 넣어 싸 먹었다. 덩달아 나까지 먹는 데 열을 올렸다. 걱정이라곤 눈 씻고 찾아봐도 없는 사람들이 분명하다.

"얘들아, 나도 퇴직이 얼마 안 남았어. 뭘 해야 할지 고민이야. 희주도 그렇다며?"

불쑥 내던지는 홍규의 말에 정신이 번쩍 들어 찬희를 쳐다봤다.

"응, 내가 아까 홍규한테 말했어."

"걱정 마. 나도 퇴직 전엔 고민이 많았는데 지나고 보니 별거 아니더라고. 뭐든 하면 되는 거야. 그리고 일 좀 안 하면 또 어때? 이제 쉴 때도 되지 않았어? 그동안 열심히 살았는데."

퇴직 후 인쇄소를 한다는 창수가 위로하고 나섰다.

"난 아직 멀었어. 애들 공부시키려면 까마득하잖아."

박사까지 했다는 홍규의 목소리가 푹 꺼져 들었다.

"그래도 너무 조급해하지 마라. 당장에 굶어 죽는 것도 아닌데…….”

그 정도 키웠으면 이젠 자기들이 알아서 헤쳐 나갈 수도 있다는 것이다. 이어서 저마다 꾸밈없이 자신의 상황을 얘기하면서 즐겁게 먹고 마시며 놀았다. 적당히 먹고 난 후 자리를 정리하는데 규원이 한마디 덧붙였다.

“친구들아, 각자 열심히 살다가 가끔은 이렇게 만나 맛있는 거 먹고 재미있게 지내자.”

모두가 “그래, 그러자고!” 하면서 크게 동조했다.

“잠깐만! 니들 행복이 뭔지 아냐?”

말이 없던 명준이 뜬금없는 화두를 던지더니 진지한 목소리로, 미국에서 육 년 동안 갖은 고생을 한 끝에 국제변호사 자격증을 따서 귀국한 직장 동료의 외동딸 이야기를 시작했다. 귀국한 날 저녁 축하해주기 위해 모인 친구들을 만났는데, 홍대 골목에서 깔깔거리며 걷던 중 제동장치가 풀어져 후진하는 자동차에 치여 목숨을 잃었다는 것이다. 그것도 일행의 제일 뒤에서 손목을 잡혀 끌려가던 그 딸 하나만 현장에서 참사를 당했으며 부모와 회포도 풀기 전이라고 했다. 갑작스러운 이야기에 아무도 입을 열지 못했다.

"행복은 대박이 아니라 그런 불행한 일이 없는 모든 일상이더라고……."

명준은 눈에 물기를 함빡 머금고 잠긴 목소리로 말끝을 흐렸다.

"그래, 맞다. 아무 일도 없는 게 행복인 게야."

"상황이 다소 힘들어도 하루하루를 겸손하게 맞이하면서 살자, 이거지."

나를 의식해서 하는 말처럼 들렸다. 모두 좋은 얘기라고 고개를 끄덕이며 돌아갈 채비를 했다. 인사를 나눈 다음 먼저 농막 문을 열고 나온 나는 신발장에 올려놓은 신발을 꺼내다가 움찔 놀랐다. 내 운동화 속에 작은 조약돌이 한 짝에 하나씩 들어 있는 것이었다. 뜨거운 여름 바람에 맞선 얼굴이 후끈 달아올랐다. 얼른 집어 주머니에 넣고는 아무렇지 않은 듯 신발을 신었다. 왁자지껄하며 뒤따라 나오는 사람들 속 명준을 슬쩍 봤으나 그는 어떤 표정도 눈길도 없었다. 한 손으로 채소 봉투를 끌어안고 다른 한 손으로는 주머니 속의 조약돌을 만지작거리면서 슬며시 웃음을 머금었다.

'희주야! 괜찮아, 수고했어. 다시 시작하는 거야.'

조약돌이 부딪치며 소곤거렸다. 찬희와 같이 가던 중 한 정거장 미리 내려 걸었다. 급할 것도, 그렇다고 멈출 필요도 없이 그저 발이 움직여지는 대로 천천히 걸어갔다. 행복은 대단한 것이 아닌, 매일 나에게 주어지는 일상이라는 명준의 말이 다시 귓전에서 맴돌았다. 우주에서 볼 때 나는 비록 한 점도 되지 못하지만 내가 없는 우주는 존재하지 않는다. 신대륙이라도 발견한 듯 발걸음이 빨라져 어느 틈엔지 휴대전화 1번을 꾹 누르고 있었다. 일어나지도 않은 내일의 일을 앞당겨 불행으로 여기는 건 중대한 오류다.

"언제 와? 나는 거의 다 와 가는데."

"오늘 늦는다고 하지 않았어?"

반가움에 남편의 목소리가 한 톤 높아졌다.

"다 끝내고 가는 거야. 당신 먹고 싶은 거 있으면 말해. 다 해줄게."

"그럼 김치부침개 해 먹을까?"

"고작 김치부침개야?"

산등성이에 걸쳐진 저녁노을이 대자연의 품을 열었다. 태양은 내일 또다시 떠올라 찬란한 아침을 선사할 것이다.

코비의 마음

아프리카 탄자니아의 남쪽에 있는 셀루스 동물보호구역은 드넓은 초원이 끝도 없이 펼쳐진 동물의 낙원이다. 파란 하늘에 천둥 번개를 앞세운 먹구름이 몰려들어 사방이 어두워지면 바오바브나무 가지 끝에서 바쁘게 지저귀던 노랑부리코뿔새가 재빨리 덤불숲으로 들어가 바짝 움츠리고, 멋지게 하늘을 날던 독수리는 비행을 멈추고 내릴 곳을 찾는다. 그러다가 억수 같은 비가 쏟아지기 시작하면 나뭇잎을 코로 감아 입으로 가져가던 코끼리들은 때아닌 축제라도 벌인 듯 하늘 높이 코를 세워 멋들어진 연주를 한다. 루피지 강줄기에서 잠수를 즐기던 하마랑 강가의 코뿔소도 하늘을 향해 입을 쩍 벌리고 비를 환영한다.

그 밖에도 악어, 버펄로, 얼룩말, 치타, 기린뿐만 아니라 형형색색의 아름다운 새들도 평화롭게 살고 있다. 특히 코끼리들이 많았는데 잠비와 코비도 엄마 아빠 코끼리와 함께 광활한 평원의 행복을 맘껏 누리며 살고 있었다. 시원하게 쏟아지는 폭포수 너머로 붉은 노을이 길게 그림자를 드리우고 모든 생명이 활기 넘치던 하루를 마감할 때면 이 세상에 걱정이란 것은 아무것도 없을 것만 같았다.

둘은 사이가 아주 좋은 자매였다. 바쁜 엄마 대신 아빠 코끼리가 등에 올려놓고 쿵쿵 뛰기도 하고 코로 감아 빙 돌리기도 하면서 잠시도 쉴 틈 없이 놀아주었고 잠비와 코비는 그런 나날을 즐거워했다. 그러나 셀루스 동물보호구역의 생활이 언제까지나 즐거운 날들만 이어지는 것은 아니었다. 코비는 자라면서 언니나 또래 친구들보다 성격이 예민하고 생각이 많아졌다. 태어날 때부터 코가 유난히 길어 친구들로부터 부러움을 사기도 했다. 긴 코는 멋져 보일 뿐만 아니라 코로 트럼펫 소리를 낼 때도 무척 아름답게 울리고 멀리 있는 풀이나 높이 있는 나뭇잎도 쉽게 따먹을 수 있기 때문이다.

“코로 리본을 만들어도 되겠구나.”

어른들의 농담에 코비는 코를 감추고 도망을 친 적도 있다. 꼭 그 말 때문은 아니어도 코비는 코가 남다르게 긴 것이 부끄러웠다. 친구들이 자신의 코에 관해 흉을 보는 것은 아닌지 언제나 불안하기도 했다. 엄마에게 배 속에 다시 넣어 코를 작은 것으로 바꿔 달라고 떼를 쓰기도 했다. 또한 고집도 이만저만이 아니었다. 한번은 돌을 입에 물고 노는 것을 본 아빠가 목구멍으로 넘어가면 안 된다며 빼앗아 치운 적이 있는데 코비는 입에서 피가 나도록 커다란 바오바브나무를 물어뜯으면서 다시 가져다줄 때까지 울었다.

가족의 대장인 엄마 코끼리는 먹이 찾으랴, 밀렵꾼 살피랴, 살아가는 방법을 가르치랴 항상 바쁘면서도 조금만 어긋나게 행동하면 그냥 지나치지 않고 잔소리를 늘어놓았다. 코비에게 있어서 잠비는 생각이 비슷해 친구 같아 좋기도 하고 뭐든지 척척 잘해서 부럽기도 했다. 하지만 때론 언니 때문에 속이 상할 때도 있었다. 나름대로 진지하게 생각하고 한 말인데도 잠비는 잘 듣지도 않고 퉁명스럽게 말했다.

"짜증나게 너는 무슨 말도 안 되는 소리를 해?"

그럴 때마다 코비는 할 말을 잊고 멍하니 바라보기만 했다. 물론 엉뚱한 고집을 부리니까 그랬겠지만 코비는 원래 누구든 쌀쌀맞게 말하는 걸 제일 싫어했다. 언니가 자기를 좋아하는 줄은 잘 알지만 혹시 귀찮아하는 건 아닌지 걱정되기도 했다. 그런데도 언니에게 속마음을 털어놓지는 않았다. 말해봤자 이해해주기는커녕 비웃을 것만 같았다.

친한 친구가 먼저 알은체를 하지 않거나, 다른 코끼리들과 어울려 놀 때 “너도 이리 와서 우리랑 함께 놀자!” 하면서 다가오지 않을 때도 마찬가지였다. 그래서 코비는 뭐든지 잘해 친구들이 자신과 놀려고 안달이 나게 하고 싶었고, 모두의 코를 납작하게 만들어주고 싶었다. 그러나 아무리 노력해도 원하는 대로 되는 일은 아무것도 없었다. 그런 느낌이 들 때마다 코비는 서서히 자신만의 세계 속으로 빠져들어 홀로 외로워했다.

*

코끼리 무리가 새로운 초원으로 이동하다가 강줄기를 놓쳐 힘들게 찾고 있을 때였다. 갈대숲을 헤쳐가며 아무리 걷고 또 걸어가도 강물이 보이지 않았다. 모든 동물이 다 그렇지만 몸집이 4~5톤이나 되는 코끼리에게 물이 없다는 건 큰 고통이다. 어른들이 바짝 마른 침을 씹어가며 물을 찾아 헤매는데 아이들은 더 못 가겠다고 칭얼댔다. 코비도 힘들게 가족들을 뒤쫓아가고 있었다. 그러다가 긴 코를 힘없이 돌리는데 바람결에 언뜻 물 냄새를 느꼈다. 서둘러 그쪽으로 가봤더니 넝쿨 숲의 그림자가 고스란히 비치는 작은 물웅덩이가 정말로 있었다. 당장에 긴 코를 물속에 퐁당 밀어 넣고 싶었으나 언니랑 같이 마시고 싶어 참았다. 벅차오르는 마음으로 가족들의 뒤를 쫓아 달려가면서 소리 높여 불렀다. 가족들은 코비를 보자마자 다 함께 귀를 팔랑거리며 다가왔다.

"네가 보이지 않아 얼마나 걱정했는지 알아?"

아빠 코끼리는 코비의 말을 듣기도 전에 핀잔부터 주었다.

"너는 왜 그렇게 말썽만 피우는 거니?"

잠비도 퉁명스럽게 말하며 짜증을 냈다.

"내가 물을……."

코비가 기어들어 가는 소리로 말하는데 엄마가 말을 낚

아챘다.

"지금 너만 목이 마른 게 아니야."

그러면서 홱 뒤돌아가고 모두 엉덩이를 흔들며 엄마 코끼리를 따라갔다.

"물을 찾았단 말이에요!"

코비가 눈물을 뚝뚝 떨어뜨리면서 소리쳤다. 가족들은 되돌아서서 의아한 표정으로 쳐다보다가 코비가 가리키는 쪽으로 가봤다.

"이런 물은 못 마셔. 썩은 물이라 금방 배탈이 나서 죽는다고."

"너는 코만 길지 냄새도 못 맡니? 나대지 말고 쫓아오기나 해."

무시하는 듯한 가족들의 말에 코비는 너무 속이 상하고 슬펐다. 나중에 코끼리 무리가 강을 찾아내 물을 배부르게 마시긴 했지만, 풀이 죽은 채 긴 코를 축 늘어뜨린 코비는 그날 이후 매사에 더욱더 자신감이 떨어졌다. 괜히 주눅이 들어 혼자 드높은 하늘을 멍하니 바라보는 일도 잦아졌다.

*

"나는 너를 위해 뭐든지 할 수 있어."

코비는 소외되거나 약한 친구들에게 이렇게 말하곤 했다. 마음의 상처가 있거나 몸이 아프거나 외로운 친구들에게 특히 더 친절하게 대해 주었다. 슬퍼하는 친구가 있으면 마음을 달래주고 기쁜 일이 있을 때는 당사자보다도 더 많이 기뻐해 주었다. 먹을 것도 같이 나눠 먹으면서 자신보다는 친구를 먼저 생각했으며 모두가 항상 행복하게 사는 것을 꿈꾸었다. 친구들은 그런 코비를 처음에는 매우 좋아하며 고마워했다.

그런데 시간이 지나면서 고마웠던 일은 모두 지난 일이 되고 코비를 귀찮아하거나 멀리하기도 했다. 험담까지 하고 다니는 친구도 있었다. 코비는 자신이 보살펴주던 친구가 전과 다르게 행동하는 것에 크게 실망했다. 서운한 마음을 억누르면서 다시 예전처럼 지내려고 온갖 노력을 다했으나 생각대로 되지 않았다. 다른 코끼리보다 모든 걸 더 예민하게 받아들이는 코비는 무척 힘들어했다. 이유를 생각하느라 아무것도 하지 못했다. 고민하느라 잠도 못 자고 혼자만 외톨이가 된 느낌에 빠져들곤 했다. 그렇게 코비는 점점 다른 코끼리들과 어울리기를 불안해하며 홀로 떨어져 겅중겅중 뛰어다니는 영양들만 하염없이 바라보곤 했다. 그렇지만 누구에게도 속마음을 드러내지 않은 채 서글픈 하루하루를 보냈다.

코끼리 무리가 드넓은 초원을 만났다. 산천초목이 제 빛깔을 찾아 푸르르고 파란 하늘에는 온갖 새들이 떼 지어 날아다니고 있었다. 생명의 젖줄인 맑은 강물도 풍성하게 흘러 한동안 이동할 필요가 없게 된 무리는 오랜만에 즐거운 나날을 보냈다.

"잠비야, 코비야! 이리 나와 봐!"

아빠 코끼리가 넓은 초원으로 아이들을 불러내 맘껏 놀게 해주었다. 같이 뒤엉켜 데굴데굴 구르기도 하고 목에 태우고 신나게 달리기도 했다. 코비를 높이 던졌다가 받는 놀이를 할 때는 이웃 코끼리들까지 몰려들어 와! 하고 탄성을 질렀다.

"아빠, 더 더……. 더 높이!"

코비는 신이 나서 더 높이 던져달라고 떼를 썼다. 아빠는 땀을 뻘뻘 흘리면서도 코비가 지칠 때까지 계속 놀이를 했다.

저녁이 되자 늪에 빠진 코끼리 가족들을 덩굴나무로 구해내는 아찔한 이야기도 재미있게 들려줬다. 이야기를 듣다가 잠비는 곧 잠이 들었는데 코비는 초롱초롱한 눈을 뜨고 더 해달라고 졸랐다. 아빠 코끼리는 하는 수 없이 별이 다 사라지도록 잠꼬대랑 섞어서 이야기를 계속 이어갔다. 천진난만하게 이야기 속에 빠져들어 있는 코비는 누가 봐도 아무 걱정 없는 평범한 아기코끼리가 분명했다. 가족들은 그런 코비가 남모르는 고민과 외로움 속에 갇혀 있다는 사실을 상상조차 하지 못했다.

*

어느 화창한 날이었다. 코끼리들이 아침 일찍 일어나 먹이를 찾느라 엉덩이를 흔들어대면서 사방을 바쁘게 헤매는데 코비가 일어나질 않았다. 코끼리는 하루에 200킬로그램 정도의 많은 풀과 나뭇잎을 먹기 때문에 부지런해야 한다.

"코비야, 일어나. 이 초원도 먹을 게 떨어져 가니까 서둘러서 먹고 떠나야 해."

꼼짝하지 않는 코비를 일으킨 엄마 코끼리는 깜짝 놀랐다. 코비의 눈두덩 위에 진흙이 잔뜩 덮여 있어 눈이 전혀 보이지 않았다.

"나는 아무도 보고 싶지가 않아요."

"그래서 눈에다 진흙을 발랐다는 거니?"

엄마는 한바탕 트럼펫 소리를 울리며 야단을 치고 서둘러 진흙을 뜯어냈다. 다행히 눈으로 흙이 들어가지는 않았지만, 눈동자는 피가 고여 있는 것처럼 벌겋게 충혈되어 있었다. 코비는 눈을 비비면서 계속 울기만 했다. 아빠와 잠비도 달려와 코비를 보고 눈을 휘둥그레 떴다.

"너, 지금 제정신이 맞아?"

"도대체 뭐가 그렇게 보기 싫어서 그런 짓을 한 거야?"

잠비와 아빠의 성화에도 코비는 대답하지 않았다. 엄마가 마음을 가라앉히고 부드럽게 다시 말을 건넸다.

"왜 그랬는지 말해봐. 그래야 도와줄 수가 있지. 그동안 배불리 먹고 물도 실컷 마셨잖아."

"이제 그러지 않을 테니까 제발 더 묻지 말아 주세요. 부탁이에요."

코비의 애원에 모두는 입을 다물었고 엄마 코끼리는 말없이 눈을 깨끗하게 씻어주었다.

그런데 코비는 며칠이 지나지 않아 또 가족들을 화나게 했다. 이번에는 눈에 진흙을 바르는 대신 무릎을 바위에 사정없이 부딪쳐 스스로 상처를 낸 것이다. 속살이 드러나고 시뻘건 피가 새어 나왔다. 코비는 아무리 이유를 물어도 끝내 대답하지 않은 채 며칠 간격으로 그런 짓을 되풀이했다. 때로는 엉뚱한 트집을 잡기도 하고 어떤 날은 자진해서 무척 밝은 표정으로 다시는 그러지 않겠다고 약속까지 했다. 그 바람에 가족들의 기분은 온통 코비의 행동에 달리고 말았다. 코비가 화나지 않도록 항상 조심하는 수밖에 없었고 코비는 점점 더 이기적으로 변해갔다. 어떻게 하는 것이 코비를 위한 길인지 정말 알기 어려웠다.

무릎 상처가 심해져 가자 이번에는 상아를 바위에 갈아 피를 흘리곤 했다. 가족들이 걱정하면 오히려 더 신경질을 냈다.

“코비야, 제발 네 고민을 엄마한테 말해주면 안 되겠니?”

엄마 코끼리는 화를 참아가면서 최대한 부드럽게 말했다.

"엄마하고는 대화가 통하지 않아요. 할 얘기도 없고 엄마야말로 제발 나를 가만히 좀 놔둬요. 내 일은 내가 알아서 한다고요."

참다못해 잠비가 끼어들었다.

"너 하나 때문에 온 가족이 이렇게 우울한데 미안하지도 않아?"

"나는 가족 걱정을 안 하는 줄 알아?"

"가족 걱정을 한다면서도 그래? 가족들이 너 때문에 살 수가 없잖아."

잠비는 잔뜩 화가 난 목소리로 코비를 몰아붙였다.

"결국 나만 죽어 없어지면 되겠네. 그러잖아도 그럴까 생각 중인데."

그 말을 들은 엄마가 길게 탄식을 했다.

"너는 정말이지 못하는 소리가 없구나. 그게 엄마 앞에서 할 소리야?"

"난 사실을 말하는 거예요. 죽고 싶어도 엄마 때문에 못 죽는 거라고."

엄마는 뒤돌아서서 펑펑 눈물을 쏟았다. 코비가 함부로 말하는 것에 화가 나기도 했다. 그러면서도 엄마로서 홀로 벽 속에 갇혀 있는 코비를 구해내지 못하는 현실에 가슴이 찢어질 듯 아팠다.

*

밀림은 날씨를 예측할 수가 없다. 맑은 하늘에서 갑자기 천둥 번개와 함께 바닥을 뚫을 듯 후드득 소리를 내며 굵은 비가 쏟아지는가 하면 폭풍우가 몰아치다가도 언제 그랬느냐는 듯 금세 개어 다시 맑아지면서 햇빛이 쨍하기도 한다.

그날은 폭우가 쏟아지는 밤이었다. 코끼리들이 여기저기에서 코를 하늘로 뻗고 힘껏 트럼펫 소리를 내며 즐거워했다. 잠비도 신나게 비를 즐기다가 문득 코비가 보이지 않는다는 사실을 깨달았다. 눈을 크게 뜨고 사방을 살피는데 천둥소리와 함께 코비의 소리가 어렴풋이 들려왔다. 천둥이 멎자 코비의 소리도 들리지 않았다. 다시 파란 번개가 번쩍번쩍 치고 있을 때였다. 조금 떨어진 야자수 뒤쪽으로 무릎을 꿇은 코끼리의 모습이 언뜻 보였다가 사라졌다. 코비가 분명했다. 잠비가 가까이 다가가는데 우르르 쾅 쾅! 다시 천둥소리가 울려 퍼졌다.

"엄마 아빠, 미안해요. 잠비 언니, 미안해."

천둥소리에 맞춰 코비가 소리쳐 울었다. 잠비의 눈에서 주르륵 눈물이 흘러내렸다. 조용히 다가가 코로 얼굴을 안아주려는데 천둥이 다시 길게 울렸다.

"하느님, 도와주세요. 제가 왜 이러는지 모르겠어요. 저는 나쁜 코끼리예요."

요란한 빗줄기 속에서 코비는 계속해서 울부짖었다. 잠비는 걸음을 멈춘 채 소리 없이 눈물을 삼켜야만 했다. 남몰래 괴로워하는 코비가 너무나 안쓰러웠다.

'네가 그렇게 힘들어하는 줄 몰랐구나. 언니가 정말 미안해.'

잠비는 코비에게 아무런 도움을 줄 수 없다는 사실이 견딜 수 없도록 슬펐다. 언니이기는 하나 자신이 무엇을 어떻게 도와줘야 할지 알 수 없었다. 한참을 지켜보다가 살그머니 발길을 돌렸다. 그날 이후 코비를 미워하지 않기로 마음먹고 뒤를 따라다녔다. 코비가 자신을 학대하는 나쁜 짓을 하려고 할 때마다 불쑥 나타나 말을 걸었다.

"코비야, 뭐 해? 우리 목욕하러 갈까?"

코비는 언니와 노는 것을 예전만큼 좋아하지는 않았지만 그렇다고 싫어하는 것은 아니었다. 잠비는 그렇게 밤낮을 가리지 않고 코비를 지켰다. 그러다 보니 제대로 먹을 수도, 편하게 잠을 잘 수도 없어 점점 야위어갔다. 그런 잠비에게 엄마 코끼리는 어딜 쏘다니느라 먹지도 못하느냐고 야단을 쳤다. 코비는 칭찬만 듣던 언니가 야단맞는 것을 이상한 듯 쳐다봤다. 잠비는 눈에 띄게 비쩍 마르고 눈동자도 붉게 변해 어딘가 아픈 아이처럼 보였다.

"언니는 너무 말랐어. 풀도 먹고 나뭇잎도 이렇게 따먹으란 말이야."

코비가 보란 듯이 코로 나뭇잎을 따먹어 보여도 잠비는 말없이 바라만 봤다.

*

무리가 다시 먹이를 찾아 이동하는데 코비가 기분이 좋은지 엉덩이를 흔들거리며 신나게 가고 있었다. 모처럼 마음이 놓인 잠비도 코비보다 빠른 걸음으로 앞장서 걸어갔다. 그러다가 갑자기 비명을 지르며 달려왔다.

"엄마, 저기 코끼리가……."

공포에 찬 눈은 젖어 있고 온몸을 부들부들 떨고 있었다. 잠비의 입에서 더는 아무 말도 나오지 않았다. 그러더니 코를 들어 그늘진 수풀 속을 가리키고는 엄마의 귀 뒤에 얼굴을 숨기고 가쁜 숨을 몰아쉬었다. 이를 이상히 여긴 코비가 두리번거리며 그쪽으로 가려고 하자 엄마가 재빨리 "코비야, 가지 마!" 하고 불러 세웠다. 그러나 코비는 이미 머리가 잘리고 상아가 없는 코끼리를 보고 말았다. 잘린 목에서는 검붉은 피가 계속 흘러나오고 있었다.

"왜? 누가 저렇게 죽였어요?"

코비가 목이 터지도록 악을 썼다.

"밀렵꾼이야. 그들은 악마야."

아빠 코끼리가 자세히 설명을 해주었고 모두가 할 말을 잃었다. 죽은 코끼리의 가족은 검은 하늘을 향해 길게 울음만 터뜨렸다. 코끼리들의 슬픈 울음소리가 평화로웠던 밀림의 하늘과 땅을 가득 메웠다. 코비는 그 후 완전히 다른 모습으로 변했다. 징징거리는 새끼나 혼자서 청승 떠는 친구를 보면 긴 코를 휘둘러 때리기도 하고 근처를 어슬렁거리는 맹수를 코로 감아 멀리 던져버리기도 했다.

"공격도 하지 않는 다른 동물들을 죽이면 안 돼. 우린 초식동물이라고."

"밀렵꾼들은? 그 악마들은 우릴 죽이고 상아를 전기톱으로 잘라가도 괜찮아요?"

"사람들이 다 그런 건 아니야. 나쁜 범죄자나 그렇지."

"그럼 나도 나쁜 코끼리라고 생각하세요."

코비의 거센 반항에 엄마 아빠는 긴 한숨만 내뱉었다. 그때 잠자코 있던 잠비가 코비 앞으로 다가와 우뚝 섰다. 노려보는 눈초리는 얼음장처럼 차가웠다.

"코비 너 그만해! 제발 그만 좀 하라고!"

비쩍비쩍 말라가며 기운이 없던 잠비의 입에서 갑자기 큰 소리가 나자 코비가 움찔했다.

"남이야 뭘 하든 언니가 무슨 상관이야? 자기 할 일이나 하라고."

"뭐? 남? 우리가 남이야? 네가 힘든데 가족들은 아무렇지도 않을 것 같아? 네 행동이 가족을 얼마나 괴롭히는 짓인지 정말 몰라?"

잠비는 그동안 참아 왔던 울음을 한꺼번에 터트렸다. 서럽게 우는 잠비를 보고 코비는 잠시 멈칫하다가 다시 말을 꺼냈다.

"맹수 던진 것 때문에 그러는 거야? 얼룩말은 잡아먹으면서 밀렵꾼 하나 못 죽이는 그따위 맹수는 필요 없어."

"잘났다. 그럼 네가 한번 잡아보지그래?"

잠비가 멍한 눈으로 코비를 바라보다가 빈정대듯 말했다.

"두고 봐. 내가 꼭 복수하고 말 테니까."

그 말을 들은 잠비는 순간적으로 후회했다. 코비는 무슨 일이든 한다면 하는 고집불통이라는 걸 미처 생각지 못한 것이다. 아빠가 조심스럽게 나섰다.

"위험한 생각 그만둬. 밀렵꾼들은 울창한 숲속에 숨어서 총을 쏘기 때문에 공격할 수가 없어. 우리는 몸이 커서 숲속으로 들어가지도 못하는데 무슨 수로 복수를 한다는 거야?"

내리쬐는 햇볕이 위로라도 하듯 아빠 코끼리의 넓은 등 위에서 반짝였다. 낙담한 코비는 코를 축 늘어뜨리고 제자리를 빙빙 돌다가 또다시 자기 생각을 물고 늘어졌다.

"몸이 커서 갈 수 없는 곳이 있는 것처럼 작아서 가지 못하는 곳도 있을 거예요."

예상했던 대로 코비는 생각을 굽히지 않았다.

"그게 말이 되는 소리야? 그건 네가 하마 입속으로 들어가겠다는 말과 같아."

"세상에 불가능은 없어."

잠비의 핀잔에도 코비는 여전히 고집을 꺾지 않았다. 그러고는 혼자서 늘 깊은 생각에 빠져 있었다. 풀을 먹을 때도 물을 마실 때도 길을 갈 때도 '큰 건 들어가고 작은 건 못 들어가는 곳'을 끊임없이 중얼거렸다. 코비가 나쁜 생각을 할 새도 없이 새로운 일에 몰두하는 것을 보고 잠비는 비로소 안도의 숨을 내쉬었다. 한편으로는, 고집을 부리면서도 뭐든 길게 가지 못하는 코비가 이번에는 좀 더 오래도록 그 생각에 빠져 있기를 간절히 기도했다. 어쨌거나 잠비는 그 덕에 그동안 못 잔 잠도 편하게 자고 먹을 것을 여유롭게 찾아 먹을 수 있었다.

*

코끼리 무리가 맹그로브 숲 계곡에서 쏟아지는 폭포수를 맞으며 즐겁게 목욕을 하고 있을 때였다. 며칠이 지나도록 궁리만 하고 있던 코비가 숨을 헐떡이며 잠비를 찾아 왔다.

"언니, 찾았어! 큰 건 들어가고 작은 건 못 들어가는 곳."

"거기가 어딘데?"

"강이야."

코비는 귀를 팔랑거리며 폭포 소리보다 더 크게 외쳤다.

"강이라고?"

잠비가 곧바로 이해하지 못하고 눈을 껌벅거리자 귀에 가까이 대고 소곤거렸다.

"강물은 우린 들어갈 수 있지만 밀렵꾼은 들어갈 수 없잖아. 게다가 긴 코를 세우면 잠시나마 더 깊은 곳까지 들어갈 수 있고 말이야."

코비는 무척 흥분해 있었다.

"대박! 코비 너 정말 대단하다. 그런데 밀렵꾼을 어떻게 유인해?"

"거기까지는 아직 생각하지 못했어. 그렇지만 방법은 있을 거야."

"맞아, 우리 함께 답을 찾아보자."

코비의 기발한 아이디어에 감탄한 잠비가 좋아하며 대

답했다. 그 후 여러 날에 걸쳐 머리를 맞대고 궁리하던 어느 날 둘은 마침내 작전을 완성했다. 그러고는 앞발을 높이 세워 성공을 다짐한 후 실행에 돌입했다. 머리와 등을 칡넝쿨로 덮어 위장하고 총대장 할머니가 밀렵꾼이 있을지 모르니 조심하라고 일러준 숲으로 살금살금 가봤다. 숲 사이로 평화롭게 흘러가는 맑은 강물이 보였다. 물을 향해 걸어가는 코끼리 무리 중 뒤떨어진 한 마리를 겨냥해 밀렵꾼들이 마취총을 쏘기 딱 좋은 곳이었다. 그런 다음 전기톱을 들고 달려가 쓰러진 코끼리의 목을 자르고 상아를 여유 있게 잘라갈 것이다.

며칠 동안 강물 반대쪽으로 기어가 살펴보는데 총대장 할머니의 말은 역시 틀린 적이 없었다. 비가 추적거리는 저녁나절, 사방은 어둑어둑하고 빗소리 때문에 발소리도 잘 들리지 않는 숲속에 밀렵꾼 셋이 엎드려 총을 겨누고 코끼리가 물가에 나타나기를 기다리고 있었다. 잠비는 눈빛으로 신호를 보낸 후 코비와 떨어진 곳에서 일부러 소리를 내며 강물을 향해 달렸다.

탕! 탕! 탕!

밀렵꾼들이 연거푸 마취총을 쏘았다. 총소리를 들은 잠

비는 지그재그로 달리다가 총에 맞은 것처럼 무릎을 반쯤 구부리고 엉금엉금 기었다. 밀렵꾼들은 숲에서 나와 잠비를 향해 달려가며 다시 총을 쏘았다. 마침 총알 하나가 바람 소리를 내면서 귀를 스쳐 지나갔다.

"멀리 달아나기 전에 잡아야 해!"

밀렵꾼들은 잠비의 뒤를 바짝 추격했다. 잠비는 물방울을 튕기면서 강물로 들어갔다. 뒤쫓던 밀렵꾼들이 물방울 사이로 다시 총을 겨누는데 숨어 있던 코비가 뒤쪽에서 큰 소리를 내며 달려갔다. 당황한 밀렵꾼들은 총을 쏠 겨를도 없이 물속에서 오도 가도 못 하고 허우적거렸다. 잠비와 코비는 재빨리 밀렵꾼 셋을 코로 감아 강물 깊숙이 던져버렸다.

그 말을 들은 엄마와 아빠는 아이들이 말도 없이 위험한 일을 했다며 나무랐으나, 사실을 알게 된 코끼리 무리는 코비와 잠비에게 아무도 할 수 없는 대단한 일을 했다고 칭찬을 아끼지 않았다. 그뿐만 아니라 밀렵꾼이 나타나면 죽어라 도망만 치는 대신 이제는 우르르 달려가 쫓아내는 용기도 생기게 되었다. 밀렵꾼들에게도 소문이 났다.

"코가 긴 그 코끼리 때문에 망했어. 그놈을 죽이지 않고는 밀렵을 할 수가 없어."

*

밀렵꾼들은 코비를 죽일 계획을 세운 후 푸짐한 바나나 나무를 엄마 코끼리가 다니는 길목에 가져다 놓았다. 처음에는 줄에 매달지도 않았고 다른 코끼리가 먹어버리기도 했다. 드디어 엄마가 바나나 나무를 보게 되었다. 엄마는 벙글벙글 웃으면서 바나나를 코비에게 가져다주었다. 그 후로도 몇 차례 같은 장소에 바나나 나무가 있었고 엄마는 점차 경계심 없이 보이는 대로 가져가곤 했다. 어디서 이렇게 가져오느냐고 물어도 대답 대신 웃기만 했다.

이를 이상히 여긴 코비와 잠비는 엄마 코끼리의 뒤를 미행하다가 바나나가 있는 근처에서 밀렵꾼이 숨어 있는 것을 발견하고는 아빠에게 자신들의 생각을 이야기했다. 아무것도 모르는 엄마는 마침내 데굴데굴 구르는 바나나 나무를 보고도 뒤를 쫓아가게 되었다. 바람에 날리듯 굴러가는 바나나를 뒤따라간 엄마는 끝내 늪의 개흙에 발이 빠져들고 말았다. 당황한 엄마가 코를 높이 세워 가족들에게 구조를 요청했으나 아무도 나타나지 않았다.

"밧줄을 걸까?"

숨어서 지켜보고 있던 밀렵꾼이 우두머리에게 물었다.

"조금만 더 기다려. 우리 목표는 코가 긴 그 녀석이잖아."

밀렵꾼들의 계획대로 엄마의 울음소리를 듣고 가장 먼저 달려간 코비는 망설임 없이 늪 속으로 뚜벅뚜벅 걸어 들어갔다.

"안 돼! 들어오지 마. 어서 나가서 아빠를 찾아와!"

"엄마가 나가서 덩굴나무를 던져요. 나는 코가 기니까 엄마보다 오래 견딜 수 있어요. 나를 밟고 빨리 밖으로 나가요. 아빠가 잠비 언니랑 곧 구하러 올 거예요."

늪은 방울방울 거품을 뿜어내면서 코비를 안으로 끌어당겼다.

"아무리 그렇다 해도 그럴 수 없어. 이제라도 네가 빨리 엄마 등을 밟고 나가!"

뒤늦게 달려온 아빠와 잠비도 늪 속으로 뛰어 들어갔다. 가족 모두는 점차 늪 속으로 깊숙이 빠져들기 시작했다. 숨어서 지켜보던 밀렵꾼 우두머리가 외쳤다.

"지금이다. 서둘러라!"

"네 마리 다 가라앉고 있는데 어떤 놈 목에 걸까?"

"어차피 계획대로 된 거니까 기왕이면 상아가 제일 큰 놈부터 끌어내."

밀렵꾼들이 재빨리 숨겨둔 늪지 보트를 타고 들어가 빠져들고 있는 아빠의 목에 팔뚝처럼 굵고 긴 밧줄을 건 다음 숲을 향해 손을 흔들었다. 숲에 있던 밀렵꾼들은 기쁨을 감추지 못하면서 모터로 줄을 감기 시작했다. 조용한 숲에 모터 소리가 울려 퍼졌다. 아빠 코끼리가 조금씩 늪 밖으로 모습을 드러내기 시작했다.

"어! 저기 좀 봐. 뒷다리에 매달린 놈이 또 나오는데?"

"그 뒤에도 또 그 뒤에도, 네 마리가 한꺼번에 끌려 나오고 있어."

밀렵꾼들은 덩실덩실 원주민 춤을 흉내 내며 기뻐했다.

"다 죽었겠지?"

"안 죽었으면 어때? 어차피 독 안에 든 쥐데. 빨리 전기톱이나 가져와."

"죽은 거나 마찬가지니까 상아만 자를까?"

"아니야. 우리 동료를 죽인 복수도 하고 혹시 모르니까 머리부터 잘라."

밀렵꾼은 전기톱을 윙, 하고 한번 돌려본 다음 먼저 끌어낸 아빠의 목에 올려놓았다. 막 스위치를 켜려는데 갑자기 개흙이 물대포처럼 밀렵꾼의 얼굴을 향해 날아들었다. 일부러 다리를 낮춰 기절한 척 가만히 있던 아빠가 코로 개흙을 쏜 것이다. 이어 잠비도 코비도 엄마도 모두 흙대포를 쏘아댔다. 가족들이 쏜 개흙은 정확히 밀렵꾼들의 얼굴을 강타했다. 밀렵꾼들은 혼비백산하여 개흙을 뜯어내면서 달아났다.

"빨리 저놈들을 쫓아!"

아빠 코끼리의 말이 떨어지자 모두가 밀렵꾼의 뒤를 쫓았다. 자신감을 얻은 코비가 가장 먼저 앞으로 달려나갔다.

그때였다. 도망치던 밀렵꾼 하나가 재빨리 몸을 돌려 코비를 향해 총을 겨눴다. 이를 본 코비는 밀렵꾼이 방아쇠를 당기기 전에 바짝 엎드렸다. 그런데 총소리가 나는 순간 코비의 뒤에 있던 아빠가 풀썩 쓰러졌다. 아빠 코끼리는 총을 겨누고 있는 밀렵꾼을 미처 보지 못한 것이다. 성난 엄마가 달려가 총을 쏜 밀렵꾼을 코로 휘감아 멀리 내동댕이쳤다. 개흙을 맞아 우왕좌왕하던 나머지 밀렵꾼들도 멀리 도망치지는 못했다.

모두 힘을 합쳐 밀렵꾼들을 늪 속에 밀어 넣고 황급히 아빠 코끼리가 쓰러져 있는 쪽으로 달려갔다. 그러나 눈은 감겨 있었고 이마에서는 검붉은 피가 솟아나고 있었다. 어서 일어나라고 소리치며 몸을 흔들어도 꿈쩍하지 않았다. 아빠 코끼리의 얼굴은 잠을 자고 있는 것처럼 평온했으나 다시 일어나지는 못했다. 코비는 자기가 피하지 않았어야 했다며 아빠 품을 비집고 들어가 슬피 울었다. 후드득후드득 빗방울이 떨어지는가 싶더니 빗줄기가 금세 거세졌다. 쏟아지는 빗줄기가 모두의 얼굴을 때렸지만 아무도 트럼펫 연주를 하지 않았다.

이후 밀림은 평화가 다시 찾아왔으며 용감한 코비네 가족 이야기는 넓고 넓은 셀루스 동물보호구역 전역에 바람을 타고 날 듯 퍼져나갔다. 가족들은 모든 동물로부터 존경을 받았으나 아빠 코끼리의 모습은 다시 볼 수가 없었다. 코비는 슬픔을 딛고 씩씩하게 성장해 두 번 다시 혼자만의 세계에 갇혀 지내지 않았고 무슨 일이든 앞장서서 해결하는 멋진 코끼리가 되었다. 허물을 벗은 나비가 날개를 활짝 펴고 하늘을 나는 것처럼.

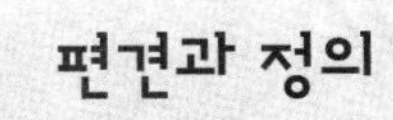

편견과 정의

운동 삼아 걷는다지만 때론 언덕 높은 곳에 자리 잡은 교사校舍가 까마득하고 야속하기까지 했다. 나이가 들어가는 탓이리라. 넘어진 김에 쉬어가랬다고 걸음을 한껏 늦춰 사방을 둘러봤다. 언제 피었는지 길가에 늘어선 개나리가 작고 노란 꽃망울을 매단 채 흔들거리고, 자목련 가지에도 뾰족이 올라온 자줏빛 꽃봉오리가 수줍은 듯 세상을 훔쳐보고 있었다. 바로 뒤쪽 나뭇가지에도 파스텔톤 연둣빛이 쓰윽 쓱 칠해져 있다. 무심코 지나가던 언덕길은 그렇게 봄 두드림이 한창이었다. 질세라 가슴을 활짝 펴고 봄 향기를 들이마시며 걸었다. 언덕이 끝났음을 알리는 성모마리아상은 언제나처럼 자애로운 표정으로 세상을 내려다보고 있고, 마주치는 학생들은 꽃봉오리보다 더 생기 넘치는 얼굴로 꾸뻑꾸뻑 인사를 한다.

교무실에 들어서자 책상 앞에서 바쁘게 뭔가를 하고 있는 강민주 선생님이 눈에 들어왔다. 오늘도 그녀는 내가 십 년 이상 봐왔던 회색 재킷과 펑퍼짐한 검은색 바지, 거기에 어두운 체크무늬 머플러까지 목에 두르고 있다. 계절이 바뀌었는데도 그녀의 옷차림은 변할 줄을 모른다. 새 학기가 시작되고 한 달 동안 이런저런 일로 정신없이 바빴다. 학생들 이름과 얼굴도 익혀야 하고, 두 번의 학부모설명회에 개별 상담, 동아리 편성, 진로 활동 구성 등 해야 할 일이 산더미였다. 이번 학기는 더 분주했다. 1학년 반 담임을 맡은 데다 국제교류 담당 업무까지 떠맡았기 때문이다. 작년에는 대만과 멕시코였는데 올해는 일본과 프랑스다. 여름방학에 외국 학생이 우리나라에 오고 겨울방학에는 우리 학생이 그 나라에 방문하는 방식인데 국제 경험을 하면서 시야를 넓히는 산 교육이 된다. 작년까지 담당하던 선생님이 갑자기 사직하는 바람에 학생 선발까지만 내가 책임지기로 한 것이다.

조회를 마치고 다시 교무실에 들어가자 오 선생님이 책

상 위에 전화 메모지를 놓아두었다면서 목소리가 만만치 않더라고 어깻짓을 했다. 전화번호와 함께 윤가희 아버지라고 적혀 있었다. 가희는 프랑스와의 국제교류를 신청해 선정된 1학년 학생이다. 우리 반이 아니라 부모님은 모르지만 사교성도 좋고 영어 면접도 우수한 데다 선정되고 싶은 의욕이 넘쳤었다.

—선생님 같으면 동성애자 외국인 가정에 아이를 보내시겠습니까?

전화를 걸자 당장에라도 거친 말이 튀어나올 기세로 몰아세웠다. 불쾌하기에 앞서 아차 싶었다. 프랑스 학생 에밀리의 부모님 상태란에 '시빌 유니온'이라고 적혀 있던 내용이다. 그렇지 않아도 조금 이상해서 확인해봐야겠다고 생각했었는데 다른 일에 떠밀려 뒤로 미뤘던 터다.

—아닙니다. 가족사진 보셨지요? 부모님이 남자와 여자 맞습니다.

—남자가 여장을 한 건지, 여자가 남장을 한 건지 선생님이 확인하셨습니까? 장담하실 수 있으세요?

당황스러웠지만 프랑스에는 국제교류 코디네이터가 따로 있는데 교환학생으로 보내도 충분하니까 선정했을 거라며 이모저모 꼼꼼히 확인해보겠다고 부드럽게 해명했다. 유럽에서는 동성애자 부부가 아닌 동거 형태의 남녀 가정도 시빌 유니온으로 분류한다는 말도 덧붙였다.

—어느 쪽이 됐건 우리로서는 용납할 수 없는 일이잖아요!

듣고 보니 공격당할 빌미만 더 제공한 셈이었다. 대답을 못 하자 가희 아버지는 아직 가치관도 완성되지 않은 나이에 몇 시간이면 바로 세뇌당할 텐데 그런 사람들과 어울리게 할 수 있느냐며 기세를 더욱 높였다. 졸지에 죄인이 된 꼴이었다. 궁여지책으로 에밀리 말고 다른 학생으로 바꿔주겠다고 말했더니 학교를 믿을 수 없다며 아예 보내지 않겠다고 단호히 거절했다. 아무리 그렇다 한들 자식이 다니는 학교의 선생님한테 너무 무례한 것 같아 울화가 치밀었지만 내심 우리 민정이도 저런 엄격한 아버지 밑에서 자라야 한다는 생각에 한숨이 흘러나왔다. 진땀을 흘리며 통화하는 것을 본 강 선생님이 걱정스러운 얼굴로 다가와 무슨 일이냐고 물었다.

—우리 국제교류 다시 생각해봐야겠어요.

부아가 치밀던 판에 편들어줄 사람을 만난 기분으로 투

정하듯 말했다.

—학생을 받는 가정이든 학교든 책임의식이 무엇보다 중요해요.

그러더니 나를 쳐다보지도 않은 채 작년에도 교환학생이 마음에 들지 않는다며 전혀 신경 쓰지 않는 집이 있어 애를 먹었다더라고 했다. 말은 부드러웠지만 듣고 보니 내가 불만을 터뜨렸던 내용과는 결이 달랐다. 답답한 심정으로 통화 내용을 설명했는데도 알고 있다는 표정으로 다시 예상 밖의 말을 했다.

—다수의 횡포를 느끼지 못하고 있는 게 문제입니다. 성 문제건 장애 문제건 말이에요.

명확하게 선을 그어 말하는 강 선생님의 말에 잠시 할 말을 찾지 못했다. 남의 일에 참견하기를 싫어하는 그녀로서는 드물게 적극적인 자세다.

—선생님은 성에 대한 프랑스식 사고가 문제 될 거 없다고 생각하시나 봐요?

—사람이 다 똑같을 수는 없지 않아요?

—그래도 옳고 그름은 다를 수 없지요.

—보편적인 견해가 정의라고 여기는 사람이 많아서 하

는 얘깁니다.

가뜩이나 언짢은 기분에 적지 않은 불쾌감까지 느껴졌으나 그녀의 남다른 처지를 아는지라 못 알아들은 척 내갈 길을 갔다.

—교장 선생님께 저쪽 학생 선발기준에 관해 건의 좀 해봐야겠어요. 담당 교사가 모든 걸 다 확인할 수는 없잖아요.

내 말에 부정도 긍정도 하지 않은 채 고개만 갸우뚱하고 마는 그녀의 칙칙한 차림새가 거듭 신경에 거슬렸다.

—강 선생님은 아직도 추우세요? 개나리가 활짝 피었는데…….

그녀는 감정 섞인 내 심사를 아는지 모르는지 가볍게 웃기만 했다.

*

이 학교에 부임했을 때 또래인 강 선생님의 양 볼에 있는 곰보를 보고 특이하게 생각했었다. 얼굴을 쳐다보기도 괜히 미안하고 좀 안됐다는 생각까지 들었다. 곰보만 없다면 나무랄 데 없는 이목구비인데도 화장으로 커버하거나 특별히 외모를 꾸미지도 않았다. 아들과 단둘이 사는 그녀가 혼자 된 이유는 입에서 입으로 전해져 모두가 알고 있었다.

신혼 시절 강 선생님 남편은 지방대 시간강사를 하면서 주말에만 올라오곤 했는데 어느 날 바쁜 일이 있어 한 주를 건너야겠다면서 올라오지 않았다. 강 선생님은 모처럼의 동창회에 참석하기로 계획을 세우고 땀을 뻘뻘 흘리며 밀린 집안일을 마친 다음, 반가운 친구들의 얼굴을 떠올리면서 모임 장소인 신세계백화점 양식부 식당으로 가고 있었다. 그런데 바로 앞에 어디선가 본 적이 있는, 제복을 입은 여성과 한 남자가 팔짱을 끼고 다정하게 걸어가는데 큰 소리로 웃어대는 꼴이 하도 유난스러워 흘끔 쳐다보게 되었다. 남성복매장 앞에서 걸음을 멈춘 그 남자는 다른 사람 아닌 자신의 남편이었다. 여성이 마네킹의 옷을 가리키며 말했다.

—이 옷 어때? 가벼워 보이면서 품위도 있어 보이고, 자기한테 딱 어울리겠다.

—아냐, 나는 옷 필요 없어. 저쪽으로 가서 당신 옷이나 사.

—곰보 사모님 눈치 보여서 그러는 거야?

강 선생님은 다음 날 바로 남편을 찾아가 임신 중인 아이의 양육권만 포기하면 한 푼의 위자료도 청구하지 않겠다는 조건으로 조용히 이혼에 합의했다.

그녀 나이 스물일곱이었다고 한다. 안타까운 마음에 주변에서 재가를 권해도 완곡히 사양하고 오로지 아들만 의지하며 살고 있다. 오뉴월에도 춥다는 말을 입에 달고 사는 그녀를 보고 사람들이 농담 반 진담 반으로 외롭게 살아 그렇다며 이제라도 재혼하라고 하면 피식 웃기만 할 뿐 좋다 싫다 언급을 하지 않았다.

몇 년 전 강 선생님이 동료 교사의 아버지 칠순 잔치에 아이를 데려온 적이 있었다. 잘 다듬어진 정원 곳곳에 자리를 꾸민 고급 가든식당이었다. 아이는 가만히 있지 못하고 부산스럽게 왔다 갔다 하면서 아무에게나 같은 말을 되풀이하며 말이 되지도 않는 질문을 하는 등 반듯한 외모와 달리 주의가 산만해 보였다. 강 선생님은 전혀 짜증을 내지 않고 부드럽게 타이르곤 했다. 지켜볼수록 아이는 정상으로 보이지 않았다. 사람들은 고개를 갸우뚱하면서도 모두 잘 대해줬고 나 또한 마찬가지였다. 그런데 어쩌다 보니 사람들이 보는 앞에서 바지를 내리고 조경으로 꾸민 연못에 오줌을 갈기고 있었다. 식사하던 손님들은 못 본 척하거나 얼굴을 찌푸리며 혀를 찼다. 누군가가 다가가 다 큰 녀석이 그러면 안 되는 거라며 나무랐지만 아이는 실실 웃어가면서 부끄러운 줄을 몰랐다. 뒤늦게 강 선생님이 달려와 옷을 입힌 다음 질금질금 새 나오는 눈물을 감췄다. 그녀가 그토록 의지하는 아들이 정신지체아였던 것이다.

임신 중 남편의 일로 충격을 받아 양수가 샜었고 의사의 말에 따르면 7분의 1 확률이라는 감염으로 아이가 그렇게 되었다고 한다. 강 선생님은 자신의 손길이 필요한 아들을 위해 인생을 바치는 것이 삶의 목적인 양 언제나 최선을 다해 보살폈다. 교사로서도 마찬가지였다. 그녀에게 학생은 피교육자가 아닌, 돌봐야 하는 가족이었다. 어떻게 저렇게 살까 싶을 정도로 아이와 학생 외에는 일절 한눈을 팔지 않았다. 공식 모임 외에는 회식에 참석하는 일이 거의 없었고 여행을 간다거나 자신을 가꾸는 일 등에도 전혀 관심을 두지 않았다.

그렇다고 남과 차단하며 생활하는 것은 아니다. 동료 교사와의 관계도 좋았고 자기 원칙이 분명하지만 누구의 말이건 경청하고 존중하면서 고개를 끄덕일 뿐 입씨름하지 않았다. 그런 태도가 누구든 그녀를 싫어할 수 없게 만든다. 고독해 보인다거나 우울한 얼굴을 지어본 적도 없이 언제나 당당하고 매사 분명했다. 천생 교사로 타고난 사람이었다. 인생을 재미없게 살기로 작정한 사람처럼 그저 일만 하면서 사는 그녀를 색깔로 표현한다면 아마도 광채가 없는 회색이 맞을 것이다.

*

강 선생님에 비하면 나는 누가 봐도 불행할 이유가 없는 여자다. 외모 반듯한 남편에 공부도 제법 하는 건강한 딸이 있으니 말이다. 그러나 속사정은 전혀 다르다. 남편은 깐깐하기로 소문난 목공에 사무실을 운영하고 있다. 넉넉하진 않아도 두루두루 가장 역할을 하면서 살 수 있으련만 정기적으로 돈을 갖다 주지도 않을뿐더러 일이 좀 있다 싶으면 집에 들어오지 않는 것도 예사로 여긴다. 아이는 아이대로 저 혼자 태어나 저절로 자란 것처럼 엄마 말을 귓등으로 듣고 자기주장만 내세운다. 아버지라는 사람이 역할을 외면하는데 부모의 권위가 설 리가 없다. 이렇듯 나 혼자서 온갖 일을 챙기며 살다 보니 사는 재미를 느껴볼 겨를도 없이 하루하루 일에 쫓기느라 고달프기만 하다. 때론 왜 사는가 하는 물음을 스스로 던져보기도 한다.

에밀리 건을 겨우 마무리하자 다른 일이 또 벌어졌다. 우리 반 윤서가 친구들에게 따돌림을 당하고 있다며 아이 엄마가 찾아와 교실로 교장실로 헤집고 다니면서 난리를 피웠다. 반 아이들은 가볍게 말다툼했을 뿐이라며 억울하다고 펄쩍 뛰었다. 몇 명의 얘기를 들어 보니 별일도 아니었고 오히려 윤서의 행동이 문제였다. 윤서는 훌쩍훌쩍 울기만 하고 아이 엄마는 화를 참지 못해 씩씩거리다가 학교에서 해결해주지 않으면 자신이 직접 해결하겠다며 112에 신고까지 했다. 간신히 자초지종을 설명해 경찰관이 돌아간 다음에도 윤서 엄마는 하소연하느라 내 손을 놓지 못했다. 예전에도 같은 일로 두 차례나 전학을 보냈었다는 것이다.

윤서가 먼저 남을 괴롭히는 성격은 아니었다. 문제가 있다면 내성적이고 남과 어울리기를 싫어하다 보니 외톨이가 되면서 다소 공격적인 행동이 튀어나와 마찰이 빚어졌다. 그럴 때마다 아이 엄마가 나서서 일을 크게 벌이는 것 같았다. 같은 부모 처지에 이해가 가기도 했지만 엄마의 그런 성품 때문에 윤서가 필요 이상으로 남을 경계하는 건 아닌가 하는 생각이 들었다. 그런데도 엄마의 지나친 개입이 윤서에게 해害가 될 수 있다는 말은 꺼내지도 못했다. 도리어 사전에 막지 못해 죄송하고, 앞으로 이런 일은 절대로 없도록 하겠다고 다독여 겨우 돌려보낼 수 있었다. 그러고는 반 아이들에게 윤서의 성격을 이해하고 따뜻하게 배려하라는 말로 단단히 주의를 주었지만 절절한 진정성이 보였을까 싶다. 이렇게 소외된 아이를 어떻게 이해하고 사랑할지가 큰 숙제로 남아 퇴근길 내내 마음이 무거웠다.

밤늦게 집에 돌아와 현관문을 열었더니 집 안이 캄캄했다. 거실로 들어서자 닫혀 있는 민정의 방문 틈으로 불빛이 보였다.

—엄마가 왔는데 왜 내다보지도 않아?

—엄마, 나 영주네 집에 가서 하루 자고 오는 거 정말로

안 돼?

엊그제 반 친구가 이사하게 되어 전학을 간다며 친구들 몇이 그 집에서 자기로 했다고 허락해 달라는 걸 안 된다고 했었다.

—그건 이미 얘기했던 일이고 앞으로도 친구네 집에서 자고 들어오는 건 절대로 허락할 수 없어.

그러자 다른 아이들은 다 허락받았는데 왜 자기만 안 되느냐며 악을 쓰더니만 문을 세게 닫아버렸다. 대드는 수준이 장난이 아니었다. 도저히 안 되겠다 싶어 다시 들어가 한바탕 소리를 지르면서 야단을 쳤다. 낮에 있었던 일로 이래저래 편치 않았던 터라 나도 모르게 거친 표현이 나왔을지도 모른다. 민정은 벌떡 일어나 씩씩거리며 현관으로 가더니 문을 쾅 닫고 밖으로 뛰쳐나갔다. 시간은 이미 열두 시가 다 되어가고 있었다. 너무 기가 막혀 잠시 주춤거렸으나 어느 순간 정신이 번쩍 들어 만사 제쳐놓고 달려나가 엘리베이터 버튼을 눌렀다.

정신 나간 사람처럼 집 앞 녹지대며 불 켜진 편의점 등을 이리저리 뛰어다니다가 지하철역 입구에 등을 기대고 서 있는 민정을 발견했다. 싫은 소리 한마디 못 하고 데리고 들어왔지만 잠을 이룰 수가 없었다. 초등학생 때까지만 해도 무섭다며 방문 닫는 것도 싫어했고 누구한테든 그토록 살갑게 굴던 아이였는데 이젠 나 혼자서 감당하기가 버거울 정도로 완전히 다른 아이가 되고 말았다. 왈칵 서러움이 복받치면서 남편을 향한 미운 마음이 솟구쳤다. 이제 막 자아가 형성되고 있는 중요한 시기에 아버지라는 사람은 도대체 뭘 하고 있단 말인가?

남편은 한때 기발한 창의성으로 IT업계를 놀라게 한 적도 있고 타고난 손재주와 예술 감각을 살려 인테리어 관련 일도 잘했었지만 빚만 잔뜩 안은 채 사업을 접어야만 했다. 사람을 너무 믿은 탓이었다. 그는 어려운 사람을 보면 그냥 지나치지를 못한다. 언젠가 주차장 모퉁이에서 비름나물을 팔고 있는 할머니를 본 적이 있는데 좀 팔아주려고 했지만 그다지 좋아 보이지 않아 그냥 지나쳤었다. 그런데 잠시 후 남편이 되돌아가 몽땅 사 들고 오면서 자기는 비름나물을 무척이나 좋아한다고 선수 치는 바람에 할 말이 없어지고 말았다. 그런가 하면 직원들에게 나눠주겠다며 지하도에서 할아버지가 팔고 있는 탁상시계를 열 개나 사 온 적도 있다. 왜 사 왔는지는 물어보나 마나 뻔했다. 남편의 그런 성품은 사업가로 성공하기는 불가능했다.

이후 조그만 목공예 사무실을 운영하면서 겨우겨우 자리를 잡아갔다. 그런데 좀 되나 싶어지자 지하철역에서 만난 노숙자, 구걸하는 장애인, 공원에서 낮잠 자는 실직자들을 골동품 모으듯 잔뜩 끌어들이더니 이내 숙소를 만들어놓고 살도록 했다. 그러면서 새로운 인생 방향을 찾기라도 한 것처럼 일에만 열중했다. 생각지도 않은 일이 벌어지기도 했다. 후원금을 챙기기 위해 노숙자를 데려다가 사기행각을 벌이고 있다고 누군가가 투서를 한 것이다. 너무나 분해 뒤로 나자빠질 뻔했지만 어찌 보면 그런 의심이 갈 만도 했다. 그 형편에 그런 일을 벌이고 사는데 누가 이해할 수 있겠는가? 누명이야 당연히 벗었으나 집에 생활비도 제대로 갖다 주지 않는 사람이 사기 소리나 듣다니 정말 기가 막힐 노릇이었다.

그런데도 지난겨울에 노숙자 한 사람을 또 데려와 참다 못해 소리를 버럭 질렀다.

—그 사람들만 불쌍해? 나는 더 불쌍한 사람이야. 선생 월급 빤한데 애 키우면서 힘들 거라는 생각은 안 해봤냐고?

—저 사람 오늘 내가 안 데려왔으면 얼어 죽었어.

—그래, 다 좋아. 저 사람 불쌍하다는 것도 알겠고 좋은 일 하겠다는 것도 다 알겠는데, 지금 우리가 그럴 형편이 돼? 당신이 자선사업 할 여건이 되느냐고?

—공짜로 살게 하려는 게 아니야. 저 사람 여기서 열심히 일할 거야.

—그냥 나라에 맡겨. 그런 일은 나라에서 책임져야 하는 일이라고.

—나라는 나라고, 나는 나지. 그냥 못 지나치겠는데 어떻게 해.

왜 나랑 결혼했느냐며 차라리 그냥 나가라고 악을 박박 쓰자 이제 더는 데려오지 않을 테니 한 번만 봐달라고 사정했었다. 너무나도 진지한 그의 표정에 측은한 생각마저 들었다. 더 말해봤자 정신과 의사와 환자의 대화처럼 같은 소리만 반복할 게 뻔했다. 민정이 사춘기를 맞아 점점 더 속을 썩이고 있다는 것을 그는 알고나 있을까?

*

온 세상이 푸른빛으로 물들어 싱싱함을 자랑하는데 내

마음은 여전히 뻥 뚫린 창호지처럼 싸늘한 바람이 일렁인다. 우렁찬 매미 소리에 지쳐 흐느적거리는 한낮의 풍경을 멍하니 쳐다보다가 고개를 돌리는데 복도에서 남자아이 하나가 창문을 기웃거리고 있는 모습이 눈에 들어왔다. 여학교에 남학생이 있을 리 없어 궁금한 마음으로 나가봤다. 아이는 나를 보자마자 "김영진 선생님이다!" 하고 소리치더니 머리가 바닥에 닿을 만큼 허리를 구부려 인사했다. 말쑥한 차림에 표정이 밝았다.

—너 재영이구나? 많이 컸네. 그런데 어떻게 내 이름을 다 기억해?

—저는 다 알아요. 헤헤.

입가에 어리바리한 웃음을 흘리며 다시 안쪽을 기웃거렸다.

—엄마 만나러 왔구나? 이리 들어와.

훌쩍 커버린 그에게서 눈을 떼지 못하고 교무실로 데리고 들어갔다. 재영은 다시 한 사람 한 사람을 손가락으로 가리키며 선생님들 이름을 읊어댔다. 예전에 식당에서 봤을 때와는 전혀 다른 면을 발견한 선생님들이 놀라면서 모여들었다.

—재영이 기억력이 참 좋네. 엄마는 수업 중이시니까 곧 오실 거야.

다들 잘해주려고 애를 쓰고 있는데 강 선생님이 들어오다가 이를 보고 화들짝 놀랐다.

—어머니! 여기 오혜숙 선생님이다? 저기는 박철민 선생님이고…….

—그래, 맞아. 그런데 어른을 그렇게 손가락으로 가리키면 안 되는 거야.

그러고는 우리를 향해 보통 아이들보다 기억력은 더 뛰어나다면서 재영이 잘할 수 있는 것이 무엇인지 알아보기 위해 어딘가 진학상담을 가기로 했다고 덧붙였다. 아들을 바라보는 그녀의 눈길에는 대견함과 흐뭇함이 가득 배어 있을 뿐 부끄러워하거나 불만스러운 기색은 그 어디에서도 찾아볼 수가 없다. 강 선생님은 분명 나보다 행복해 보였다. 나의 모든 문제는 남편 때문이다. 그 사람이 마음만 고쳐먹으면 될 일인 건 두말할 필요도 없다.

퇴근 후, 요즘 며칠째 야근이라며 들어오지 않는 남편 사무실로 달려갔다. 문 앞에 목재가 가득 쌓여 있는 작업장 안에서 둥근 톱으로 목재를 자르고 있는데 옷이며 머리에 톱밥이 수북하고 얼굴에는 땀이 번질거렸다. 물끄러미 쳐다보고 있었더니 옆에 있는 사람이 남편의 어깨를 쿡쿡 찔렀다.

—웬일이야? 학교 바쁠 텐데…….

톱밥 가루가 잔뜩 달라붙어 있는 장갑을 벗어들고 나를 바라보는 그의 눈은 퀭했고 내 말이 먹혀들어 갈 틈새가 보이지 않았다. 내 입에서는 마음먹었던 것과 달리 딴소리가 나왔다.

—밥은 먹고 일해요?

—내 걱정은 말아요. 잘 먹고 있으니까.

그때 안에서 다리를 저는 젊은 사람이 바가지를 들고 나왔다. 못 보던 얼굴이다.

—사장님, 쌀이 떨어졌는데요.

남편은 한참이나 이쪽저쪽 주머니를 뒤지고 있고 쌀바가지를 든 사람은 서성거리며 나를 힐끔 쳐다봤다. 아무런 말도 못 하고 민정이 학원비 내려고 준비했던 돈 봉투를 책상 위에 올려놓고 나왔다. 문득 강 선생님은 자식이 장애아지만 나는, 누가 뭐라던 아랑곳하지 않고 자신의 행위에만 의미를 두고 사는 남편이 장애인이라는 서글픈 생각이 밀려왔다.

*

언덕길 아름드리 은행나무 잎이 노랗게 물들었다. 성모마리아상을 사이에 두고 단풍나무와 은행나무가 적절히 조화를 이룬 교정을 바라볼 때면 나도 모르게 평화로워진다. 나는 생기가 도는 봄도 좋지만 숙연한 느낌을 주는 가을을 더 좋아한다. 멀리 한 폭의 유화 같은 단풍을 바라보는 것도, 융단처럼 깔린 은행잎 위를 조용히 걷는 것도 좋다. 아직은 노란 은행잎이 나무 한가득 달려 있지만 비라도 한차례 내리면 우수수 떨어질 것이다. 노란 은행잎 하나가 가오리연처럼 허공을 맴돌다가 바닥에 떨어진다.

민정이 배 속에서 한창 발차기를 하고 있을 때였다. 가을비가 추적추적 내리는 은행나무 길을 걷다가 주르륵 미끄러진 적이 있다. 크게 다치지는 않았지만 순간적으로 배를 끌어안으면서 주저앉는 바람에 무릎이 까지고 이마가 터져 가까운 병원을 찾았다. 치료를 받은 다음 병실 문을 나서는데 연락을 받은 남편이 허겁지겁 달려왔다. 상처를 보더니만 눈물이 그렁그렁해져 다시는 혼자 은행나무 길을 걷지 말라고 크게 나무라며 안타까워했다.

그때만 해도 보호받는 여자였다는 생각에 씁쓸한 웃음이 흘러나온다. 어느 순간 드르륵 하고 교무실 문이 열리는가 싶더니 강 선생님의 목소리가 들렸다. 되돌아보니 자기 자리로 사뿐사뿐 걸어가는 그녀의 주황색 재킷 속에 은행잎보다 더 화사한 꽃무늬 쉬폰 블라우스가 눈에 띄었다. 어제는, 비록 길지만 못 보던 치마를 입고 있었다. 고개를 갸웃하다가 강 선생님도 가을을 한껏 즐기고 있는 것이라고 정리했다.

분주하게 중간고사 채점을 끝내고 고개를 드니 또다시 뭔가 열심히 일하고 있는 강 선생님이 눈에 들어왔다. 아무리 봐도 그녀에게는 볼 수 없었던 밝은 옷차림이다. 표정 없이 일에 몰두하고는 있지만 왠지 그녀 주변의 공기가 다른 것 같다. 앞자리에 있는 선생님에게 볼펜으로 책상을 탁탁 치며 강 선생님을 좀 보라고 했다. 입 모양으로 왜냐고 묻는 그에게 손을 입에 대고 조용한 목소리로 소곤거렸다.

—뭔가 달라 보이지 않아요?

—잘 모르겠는데요. 무슨 일이신데요?

—옷차림이 달라졌잖아요. 혹시 남자 생겼을까요?

—꿈 깨세요. 오로지 애만 키우면서 사는 사람인 걸 모르세요?

—그래도 뭔가 달라진 것 같은데…….

열린 창문으로 찬바람이 훽 불어왔다. 몸이 으스스 떨려오는데 강 선생님은 옷을 여미지도 않고 일에 열중해 있다. 퍼뜩 그녀가 최근에는 춥다는 소리를 입 밖에 꺼내지 않았다는 사실을 깨달았다. 교무실에 들어서고 나갈 때면 으레 팔을 비비며 춥다는 말을 달고 살았었는데 언젠가부터 그런 모습을 볼 수 없었다. 창문을 닫고 일부러 강 선생님 자리로 돌아서 왔다. 서류를 만지는 그녀의 손놀림이 가볍고 부드러웠다.

—강 선생님, 뭐 좋은 일이 있어요?

곰보로 패인 볼에 분홍빛이 도는 것 같고 표정도 한결 밝았다.

—좋은 일은요. 그냥 똑같죠.

말은 그렇게 하면서도 웃는 표정이다.

*

은행나무가 앙상해져 가고 있는 어느 날, 2교시 수업을 마치고 교무실에 들어가니 박 선생님이 황급히 다가와 전화번호가 적힌 메모지를 건넸다.

—수업 중이라 못 받으셨나 본데 급한 일이라면서 전화했더라고요.

재빨리 책상 서랍 안에 있는 휴대전화를 열어봤더니 모르는 번호로 전화가 여러 통 와 있었다. 전화를 걸자 회사 직원이라면서 남편이 구급차에 실려 병원에 와 있는데 심각하진 않지만 알려야 할 것 같아 전화했다고 한다. 서둘러 병원으로 달려갔다. 병실 앞에 있던 직원이 나를 보고 곧바로 다가왔다.

—사장님이 요즘 스탠드 납기 맞추시느라고 밥도 제대로 안 드시고 잠도 안 자면서 일하셨어요. 식사하셨냐고 여쭤보면 먹었다고 하셔서 그런 줄로만 알았었는데…….

의사에게 찾아갔더니 한잠 푹 자면 일어나긴 하겠지만 끼니 거르는 습관을 고쳐야 한다며 일종의 영양실조라고 했다. 부끄럽고 민망하고 남편에게 분노가 치솟았다. 그런데 막상 링거를 꽂고 잠들어 있는 남편의 환자복 밖으로 나온, 뼈만 앙상한 팔다리를 보니 가슴이 먹먹해지면서 눈두덩이 뜨거워졌다. 이 사람은 도대체 왜 이렇게 살아야 한다는 말인가? 가정을 팽개쳤으면 하다못해 자기 몸이라도 잘 건사해야 할 거 아닌가 말이다. 당장 깨워 한바탕 퍼붓고 싶었지만 그럴 만큼의 미움도 사라진 지 오래다.

링거액이 물방울을 만들며 규칙적으로 떨어진다. 복받치는 서러움이 가슴 밑바닥을 향해 뚝뚝 떨어지다가 목구멍을 타고 올라왔다. 꺼이꺼이 소리라도 내서 울고 싶었다. 병실을 나와 복도를 서성거리다 다시 들어갔을 때도 그는 깨어나지 않았다. 한참을 기다리자 눈을 뜨더니 현기증이 나서 쓰러졌던 것 같은데 걱정시켜 미안하다며 내 시선을 외면했다.

—민정 아빠, 나하고 헤어지고 싶지 않으면 오늘 당장 집으로 들어가.

그는 아무 말도 하지 않았다. 당신 이러는 거 일종의 정신질환이야, 하는 소리가 목구멍까지 솟아올랐으나 마음을 한껏 짓누르고 아이 달래듯 다시 말했다.

—당신 왜 이렇게 살아? 이런다고 누가 알아주기나 해?

—미안해. 모처럼 많은 물량이 떨어져 직원들 보너스도 좀 줄 겸 무리했어.

—그런 소리도 이젠 듣기 싫어. 사람은 누구나 남도 돕고 뜻있게 살고 싶어 해. 하지만 그보다 더 중요한 건 자신이고 가족이야. 가족이 있으니까 아등바등 살아가는 거지. 마누라는 그렇다 치더라도 최소한 딸 생각은 해야 하지 않아?

나도 모르게 말이 길어지고 목소리가 바뀌자 그는 다시 입을 닫아버렸다. 눈에 고였던 눈물을 꿀꺽 삼키면서 쏟아내던 말을 바꿨다.

—하다못해 건강하기라도 해. 당신한테 뭔 일 있으면 민정이가 어떻겠어?

—이번 일 마치고 지금 있는 사람들 자립해서 나가면 좀 바꿔볼게.

—제발 그렇게 좀 해줘. 그리고 오늘은 무조건 집으로 가요.

안 된다는 사람을 강제로 집으로 데려와 방에 밀어 넣고 이를 박박 갈면서도 시장에 나가 우족을 사다 우렸다. 남에게는 후하고 가족에게 인색한 그는 가히 존경스러운 사람이면서 최악의 무능하고 무책임한 남편이자 아버지임이 분명하다.

*

십이월에 접어들어 한바탕 추위가 몰아쳤다. 나이가 들어서인지 점점 추위를 견디기가 힘들어진다. 춥다는 생각이 한번 밀려들면 좀처럼 한기가 풀리지 않는다. 강 선생님 대신 내가 추위를 물려받은 것만 같다. 몸을 바짝 움츠리며 교무실에 들어서자 무슨 일 때문인지 술렁술렁했다. 사람들을 둘러보며 자리에 앉는데 책상 위에 사각봉투 하나가 눈에 띄었다. 안에는 하얀 리본이 붙어 있는 청첩장이 들어 있었다. '신부 강민주'라는 글씨가 눈에 바로 들어와 휘둥그런 눈으로 강 선생님을 바라봤다. 눈을 마주치자 쌩그레 웃으며 인사를 했다.

곧바로 선생님들이 주위에 몰려들며 언제 그렇게 되었냐, 신랑은 어떤 사람이냐고 물으며 야단법석이었다. 나도 물론 합세했다. 강 선생님은 쑥스러운 얼굴로 그냥 평범한 사람이라고만 했다. 웬만하면 내년 봄에 할까 했는데 올해를 넘기지 않으려고 12월 30일로 잡았단다.

—학교는요? 계속 나오실 거죠?

오 선생님의 질문에 잠시 머뭇거리던 그녀가 대답했다.

—저는 그러려고 했는데 그 사람이 크루즈 여행이나 다니자고 해요.

마냥 행복한 얼굴이었다. 설사 결혼을 한다 해도 정년을 꽉꽉 채워 희끗희끗한 머리를 흩날리며 학교에 나올 것 같은 그녀였었다.

*

결혼식장은 수준 있기로 잘 알려진 한강 변의 웨딩홀이었다. 무지개 같은 아치에 신랑 신부 행진 길과 무대뿐 아니라 하객의 테이블마다 세상에 있는 하얀색의 꽃이란 꽃은 다 가져다 모아놓은 듯 순백의 꽃들로 장식되어 있었다. 화려하고 우아한 식장 분위기에 다들 눈을 휘둥그레 떴다. 무엇보다도 신랑이 어떤 사람일지 무척 궁금했다. 사회자가 신랑과 신부 동시 입장이라는 발표를 하자 모두 고개를 돌려 쳐다봤다. 새하얀 드레스를 입은 다소곳한 신부 옆의 신랑은 훤칠한 키에 외모도 수려했다. 사십 대 중년 남자로서의 기품도 있어 보였고 인상도 좋았다. 모두 와아! 하면서 박수를 보냈다.

—어머나! 신랑이 멋지고 잘생겼네요.

—강 선생님은 도대체 어디서 저런 남자를 만났을까요?

—그러게 말이에요. 강 선생님 정말 행복해 보여요.

신부 화장을 하고 은방울꽃 부케를 든 강 선생님은 언제 그런 적이 있을까 싶게 아름다웠다. 곰보가 살짝 드러나긴 했지만 평소와는 완전 다른 모습이었다. 단상 앞으로 걸어가는 신랑 신부 입장을 보자 왠지 눈물이 났다. 행복해하는 그녀를 진심으로 축하해줬다. 자신의 처지를 불평하지 않고 성실히 살아온 것에 대한 하늘의 보상인 것 같기도 했다. 이어 사회자의 소개로 신랑이 조선회사를 경영하는 중견 사업가라는 사실을 알게 되자 모두 놀라움을 금치 못했다. 그래서 크루즈 여행을 다니겠다고 했구나 싶었다.

피로연 중간에 신랑 신부가 찾아왔다. 여기저기에서 사람들이 반기면서 잠시라도 더 붙잡아두려 했다. 신부의 손을 꼭 잡고 인사를 하는 신랑의 얼굴에는 시종 웃음꽃이 떠나지 않았다. 오 선생님이 정색하고 물었다.

—그런데 신랑님! 우리 강 선생님이 어디가 그렇게 좋으시던가요?

—아 우리 민주 씨요? 예쁘잖아요. 이름도 예쁘고, 마음도 예쁘고, 무엇보다 이 사람의 이 곰보가 귀엽고 예뻤어요.

모두가 밝은 웃음을 터뜨리면서 두 사람을 바라봤다. 아닌 게 아니라 얽은 자국마다 귀여움이 잔뜩 고여 있는 듯 보였다. 마음이 예쁜 그녀를 알아본 신랑이 참으로 멋지다는 생각이 들었다. 문득 지금쯤 작업장에서 톱밥 가루를 날리고 있을 남편 모습이 어른거렸다. 그 순간에 왜 남편 생각이 났는지는 모를 일이다.

피로연이 끝나고 그의 사무실로 향하는 발걸음이 조급해졌다. 비스듬히 열려 있는 문 안쪽으로 언제나처럼 목재가 가득하고 다리를 절뚝거리는 직원이 그중 몇 개를 집어 들고 안쪽으로 들어간다. 문을 좀 더 밀고 잠시 그 자리에서 있었다. 작업칼로 뭔가를 신중하게 다듬고 있던 남편이 기척을 느꼈는지 고개를 들었다.

—어, 당신 왔어?

그는 민정이 거라면서 만들고 있던 의자를 들어 보였다. 한때 남편을 정신장애자로까지 몰았던 마음속에서 뜨거운 뭔가가 꿈틀거렸다. 곰보가 예쁘다는 사람도 있다. 어려운 사람을 보고 그냥 지나치지 못하는 강박관념은 아무나 가질 수 없는 아름다운 마음이 분명한데, 나와 같지 않다고 장애인으로 몬다면 이 세상에 온전한 사람이 어디 있겠는가?

—예쁘다. 민정이가 좋아하겠네.

모처럼의 칭찬에 남편은 눈 둘 곳을 찾기 바빴다.

해후

"몸 상태가 좋아야 하니까 푹 쉬시고 두 달 후에 오세요."

은수는 지하철을 연거푸 보내면서 생각에 잠겼다. 병원에 갈 때만 해도 기대에 들떠 있었다. 꿈도 좋았고 예감도 좋았다. 그런데 아니란다. 열차가 들어온다는 안내방송이 이어지는데도 갈 곳이 떠오르지 않는다. 객차 안으로 들어섰지만 낯꽃이 신경 쓰여 자리에 앉고 싶지가 않다. 출입문 옆 기둥을 잡고 서자 까만 유리창에 초라하기 이를 데 없는 얼굴이 비쳤다. 두 달 후를 하루 이틀처럼 쉽게 말하는 의사의 태도가 야속하기 짝이 없다. 뜨뜻한 눈물이 볼을 타고 흘러내린다. 눈을 문지르면서 고개를 돌렸지만 멈추지 않았다.

얼굴을 감춘 채 멍하니 서 있는데 어제저녁 하얀 속옷만 입고 침대 모서리에 서서 노래를 부르던 남편의 모습이 떠올랐다. 초등학생처럼 두 손을 모아 잡고 '떠나가는 배'를 구성지게 불렀었다. 오늘의 결과를 앞두고 긴장해 있는 은수를 위한 배려였다. 노랫말처럼 여유를 가지라는 뜻인지, 마음을 비우라는 뜻인지 알 수 없었지만 정성에 떠밀려 웃음을 터뜨려주긴 했었다.

그도 지금 무척 궁금해하고 있을 것이다. 눈물이 걷잡을 수 없을 만큼 많아진 가운데 출입문 밖으로 경복궁역이라는 글씨가 언뜻 보였다. 문이 닫히기 직전 재빨리 내렸다. 젖은 얼굴을 바람에 말리면서 사각거리는 모랫길을 걷는데 관광객들에게 뭔가를 열심히 설명해주고 있는 안내원의 모습이 눈물 위에 둥둥 떠 구슬 속 딴 세상 풍경처럼 흔들거린다. 장소를 옮겨 한적해 보이는 경회루 쪽으로 가자 연못 건너에 몇몇 사람들이 보일 뿐 주변에는 아무도 없고 바짝 마른 낙엽만 바람에 떠밀려 나뒹군다. 사박사박 밟히는 낙엽 속에 흐느낌을 묻으며 천천히 걸었다.

은수는 결혼 팔 년 차인데 아이가 없다. 남편과 함께 검사도 받아봤는데 그럴 만한 문제가 있는 것도 아니었다.

수차례나 인공수정을 했으나 효과가 없어 결국 시험관아기를 시도했는데 그마저도 은수의 간절한 바람을 거듭 외면했다. 실패가 거듭되면서 남편이 지치기 시작했지만 품안 깊숙이 아기를 안아보고 싶은 은수의 욕망은 더욱더 강해져 갔다. 엄마와 아기의 만남은 우연이 아닌 운명의 만남이고 머지않아 자신도 그렇게 될 것이라고 확신했다. 수술대 위에 누워 몽롱한 의식 속으로 빨려 들어갈 때마다 우주 공간 어딘가에서 헤매고 있을 자신의 아기가 이번에는 꼭 찾아올 수 있게 해달라고 기도했었다.

그러던 중 며칠 전엔 수치가 약하기는 하지만 기대를 걸어 볼 만하다고 했었고 오늘 세 번째 재검사했는데 또다시 수포로 돌아간 것이다. 하늘이 야속하다던 친정엄마의 말이 귓가에서 맴돌았다.

갈색 낙엽 하나가 힘없이 무릎 위에 떨어진다. 한때 초록의 싱싱함을 뽐내며 햇볕에 반짝거리고 있었을 것이다. 이제껏 자부심에 가득 찼던 자신의 모습을 보는 것 같다. 흐느낌이 멎은 은수는 입을 굳게 다물고 자리에서 일어섰다.

*

현관문 뒤에서 기다리고 있던 우주가 격하게 매달리며 반긴다. 꼬리를 있는 대로 흔들어대면서 앞발을 든 채 껑충껑충 뛰기도 하고 어지러울 만큼 제자리를 빙빙 돌기도 한다. 은수는 깜빡 시름에서 벗어났다.

“그렇게 심심했어? 오늘은 이모가 일찍 왔잖아.”

우주는 올봄에 은수 곁으로 왔다. 어느 날 남편이 회사로 전화를 해 뜬금없이 집에 가면 베란다를 보라고 했다. 무슨 일이냐고 물어도 가보면 알 거라며 실실 웃기만 했었다. 퇴근하자마자 베란다 문을 열어봤지만 평소와 다를 바 없었다. 고개를 갸우뚱하면서 몸을 돌리는데 꼬물거리는 뭔가가 화분 뒤로 보였다. 주먹만 한 까만 강아지였다. 은수를 봤는지 넘어질 듯 넘어질 듯 휘청거리면서 걸어 나왔다. 사료가 몇 알 놓여 있는데 가지런히 있는 것으로 보아 건드리지도 않은 듯했다. 조심스럽게 안아보았다. 부드러운 털이 살갗에 닿는 순간 짠한 생각이 들었다.

강아지는 없어진 어미를 찾는지 두리번거리면서 부들부들 떨었다. 동물을 키워본 적이 없는 은수는 어떻게 해줘야 할지 몰라 일단 사료를 물에 불리고 수건 한 장을 더 가져다 자리를 푹신하게 만들어줬다. 그날 남편은 동료에게서 분양받은 보스턴테리어 종種이라며 키우자는 대답도 듣기 전에 이름을 뭐라고 지을지부터 물었다. 은수가 불쑥 '우주'라고 하자, 주먹만 한 놈한테 너무 큰 이름 아니냐고 하면서도 좋다고 했다.

우주는 무럭무럭 자랐다. 크게 자라는 종이 아니라는데 너무 먹여서인지 아파트에서 키우는 반려견으로는 큰 편이었다. 털이 짧고 까만 데다가 다리는 길고 몸집이 커서 외모로 봐서는 그다지 귀여운 강아지가 아니었다. 그래도 눈망울이 유난히 맑고 투명해서 한참 쳐다보면 뭔가를 말하는 것 같기도 하고 말귀도 곧잘 알아들었다.

남편의 기대 이상으로 우주는 은수의 가장 가까운 벗이 되었다. 아이들 자랑만 늘어놓는 게 듣기 싫어 친구들도 잘 만나지 않는 은수는 우주에게 정을 듬뿍 쏟았다. 남편 몰래 목도리를 둘러 업어주기도 하고 엉덩짝을 토닥거리며 노래도 불러줬다. 우주에게 일러준 은수의 호칭은 이모였다. 머지않아 태어날 아기보다 먼저 엄마 자리를 허용할 수는 없었다.

언제나처럼 오늘도 이모에게 최고의 환영식을 해준 우주는 은수가 소파에 앉자 제 자리인 양 무릎 위에 올라앉아 눈을 지그시 감고 잠을 청했다. 은수는 한참을 그대로 앉아 있다가 우주가 눈을 뜬 다음에야 밥을 안치고 냉장고를 열어봤다. 먹고 싶은 것도 없고 특별히 반찬을 만들고 싶지도 않았다. 방으로 들어가는데 우주가 졸래졸래 따라 들어온다.

"우주야, 오늘은 잠시 이모 혼자 있게 해줄래?"

은수는 우주를 내보내고 방문을 닫은 후 침대에 엎드려 죽은 듯이 있었다. 우주가 있는 것과 아이가 없는 것은 각기 다른 영역이다. 경복궁에서 다져 먹었던 마음이 재차 서글픈 앙금이 되어 공격해온다. 도대체 무슨 이유로, 어디가 부족해서 아직껏 아이를 갖지 못한다는 말인가? 남들처럼 아이들과 식탁에 둘러앉아 밥도 먹고 손잡고 놀이공원에도 가고 싶다.

세 살 정도 되는 여자아이가 아빠와 함께 유모차를 밀고 가고 있다. 유모차에는 머리를 빡빡 깎은 아기가 앉아 있는데 하얀 손수건을 유모차 밖으로 내밀어 떨어뜨리려고 하고 있다. 재빨리 뛰어가 손수건을 잡는 순간 남편이 들어와 어깨를 흔들었다. 꿈이었다.

"벌써 자? 밥은 먹었어?"

남편은 저녁을 먹고 왔다는 말만 하고 은수가 오늘 병원에 간 일은 묻지 않는다. 은수는 앞질러 결과를 말하고 그래도 포기는 안 할 거라고 다짐 겸 통보를 했다. 남편이 말없이 은수를 끌어안았다. 잠시 후 아무 일 없다는 듯 밥 먹자며 먼저 주방으로 나갔다.

직장생활을 하면서 병원에 다닌다는 것은 여간 힘든 일이 아니었다. 시간 내기가 여의치 않을 때마다 연차휴가를 이용하는 바람에 다른 일로는 일절 휴가를 쓰지 못하고 있다. 그나마도 일이 바쁠 때는 동료나 윗사람에게 이만저만 눈치가 보이는 것이 아니다. 오늘 결과가 좋으면 반차로만 쓰고 오후에 회사에 나가려고 했었다. 남편과 식탁에 마주 앉았다. 언제 안쳤는지 전자레인지에서 김이 솔솔 나는 계란찜을 꺼내놓고 맥주도 가져왔다. 남편은 단숨에 맥주 한 컵을 들이켜고 은수를 쳐다본다.

"은수야, 이제 그만하자. 안 되는 걸 기다리는 모습이 애처로워 못 살겠다."

"아니야, 꼭 생길 거야. 둘 다 이상 없다고 했잖아."

"일부러 아이를 안 낳는 부부도 많아. 그냥 우리끼리 살자."

남편이 은수의 손을 따뜻하게 움켜잡았다. 은수도 그의 손을 꼭 쥐었다.

"나는 절대로 포기할 수 없어. 고집부려서 미안해."

남편은 신경질적으로 손을 빼면서 전에 없던 소리를 했다.

"정 그러면 입양을 하든지……."

*

목에 깔때기를 차고 온 우주의 모습이 너무 슬퍼 보였다. 자신은 아기를 그렇게 원하면서 우주가 아기를 낳지 못하도록 수술을 시킨다는 사실에 가슴이 아렸지만 남편이 이유를 조목조목 설명하는 바람에 동의하지 않을 수 없었다. 촉촉이 젖어 있는 우주의 눈가를 보면서 미안하다는 말만 되풀이했다.

은수는 다시 병원을 찾았다. 그리고 새로운 마음으로 병원에서 시키는 대로 따랐다. 푹 쉬고 잘 먹고 주사 맞고 시술하고 검사하고……. 그런데 간호사가 또 딱한 표정을 짓는다. 은수는 아무 생각도 나지 않았다. 퇴근 후 남편은 평상시와 다름없이 욕실로 들어갔고 은수는 저녁을 차리며 무슨 말을 할까 고민했다. 욕실에서 나온 남편이 말없이 소파에 앉아 은수와 마주하기를 기다리고 있었다.

"이젠 우리 그만하자. 나 더는 이렇게 못 살겠어."

남편이 밑도 끝도 없이 단호한 어조로 말했다.

"나보다 자기가 더 힘들어? 수술받는 사람은 나잖아."

미안스럽던 마음이 갑자기 화로 돌변해 입 밖으로 튀어 나왔다.

"이게 고집으로 될 일이야? 안 되는 일에 희망을 거는 널 보기가 너무 힘들어."

"십 년 지나서 낳는 사람도 있대. 이십 년이 지나도 난 포기하지 않을 거야."

"정 포기 못 하겠으면 병원이라도 가지 말자. 아무 기대 안 하고 살다가, 생기면 축복이라고 생각하고……."

"싫어. 한 살이라도 젊을 때가 더 가능성 있지."

"이건 사는 게 아니야. 없는 아기를 만들기 위한 일이 삶의 목적이 되어 있잖아."

"왜 없는 아기라고 단정을 지어?"

남편은 대답도 없이 문을 쾅 닫고 나갔다가 밤늦게 들어오더니 다음 날 출장을 가버렸다. 그러고는 온종일 전화 한 통 없다.

은수는 소파에 기대어 멍하니 앉아 있다가 따라 나오려는 우주를 들여보내고 집을 나섰다. 차가운 밤공기가 가슴 속을 에일 듯 파고들고 슬리퍼 속 맨발은 시리다 못해 따가운 느낌이 든다. 어둠이 몰려 있는 골목길을 벗어나 편의점에 들어가 과자 한 봉지와 초록색 소주병을 집어 들고 계산대로 갔다. 집에 돌아와 소주를 잔에 따라 한 모금 마셔봤더니 몸서리쳐질 정도로 쓰다. 과자를 조금 베어 먹고 다시 한 모금 마셨다. 아이가 당장에 있어야 한다는 것은 조급한 고집이다. 어차피 운명 속에 있는 아이라면 언제 만나도 만나게 될 것이다. 그렇다 하더라도 이왕이면 하루라도 빨리 만나고 싶다는 게 뭐가 잘못이란 말인가?

술기운 덕인지 생각지 않았던 융통성과 반감이 동시에 솟아올랐다. 다시 한 잔을 따라 조금 더 마셨다. 생각 같아서는 벌컥벌컥 들이마시고 싶은데 너무 써서 그대로 삼키기도 힘들다. 우주가 이상하다는 듯 쳐다본다.

"왜? 너도 먹고 싶냐?"

눈치 빠른 우주가 꼬리를 살랑살랑 흔든다.

"그래, 그럼 너도 한잔해라."

밥그릇을 끌어다 놓고 생수를 조금 부어줬다. 우주는 바로 핥아먹으려다 말고 은수를 올려다본다.

"이거 아니야? 그럼 안주라도 먹어라."

과자를 조금 떼어 입에 넣어주었다. 사각사각 소리를 내며 맛있게도 먹는다. 은수는 잔에 남아 있는 소주를 다시 마셨다. 이번에는 아까만큼 쓰지 않았다.

"나 한 잔, 너 한 잔. 우주야, 우리 건배할까?"

소주잔을 우주 밥그릇에 부딪쳤다. 한 모금 마실 때마다 과자를 떼어 한 번 베어 먹고 남은 걸 우주에게 주었다. 그렇게 우주와 건배를 하며 소주 한 병을 다 마셨다. 천장이 빙빙 돈다. 우주를 바라보며 깔깔대던 은수의 입에서 서러움이 뒤엉켜 뿜어져 나왔다.

"없는 아기가 아니란 말이야!"

눈물이 볼을 타고 턱을 지나 목덜미로 흘러내렸다.

*

은수는 여전히 남편의 말대로 아기가 목표인 삶을 살아가고 있다. 차이가 있다면 남편은 없는 아기를 만들기 위한 노력으로, 은수는 우주 어딘가에 있는 아이와 만나기 위한 노력으로 여긴다는 점이 다를 뿐이었다.

어린 시절 은수는 형제가 유난히도 많아 가족 이야기를 할 때는 수數를 반으로 줄여 말하곤 했었다. 조금 더 자라서는 그래도 많다 싶어 삼분의 일로 줄였다. 그러면서 자신은 나중에 아이를 둘만 낳겠다고 다짐하고 또 다짐했다. 엄마의 피를 닮아서인지 다른 형제들은 결혼하자마자 아이를 잘도 낳아 두셋씩은 되는데 자신만 이 모양이다. 아이 일을 제외하면 공부든 뭐든 누구한테도 지지 않고 선두를 달리며 모두의 부러움을 샀었고 자부심도 있었다.

오늘도 대기실에 앉아 있는 은수는 주문처럼 긍정적인 암시를 거듭했다.

'이번에는 꼭 성공할 거야. 다 잘될 거야.'

간호사의 호명에 벌떡 일어나 진찰실로 들어갔다. 컴퓨터 화면을 지켜보던 의사가 은수 쪽으로 의자를 당겨 앉으며 활짝 웃었다. 가슴이 방망이질하듯 쿵쿵거렸다. 그런데 고개를 가로젓는다. 의사가 원망스럽고 그런 상황에서 웃으며 자기를 바라본다는 사실이 은수는 이해되지 않았다.

"선생님, 아무 이상이 없는데 왜 안 되는 건가요?"

이제껏 있는 대로 허리를 굽혀 인사만 해왔는데 오늘만큼은 좀 더 명확한 원인과 방안을 알고 가고 싶었다.

"생명의 탄생은 신의 영역입니다. 인간은 할 수 있는 한 최선을 다할 뿐인 거죠."

의사의 화두가 전과 다르게 딴소리를 하는 것처럼 느껴진다.

"그래도 안 되는 데는 뭔가 이유가 있는 것 아닌가요?"

"불임의 원인을 한 가지로 말하기는 어렵습니다. 정자와 난자의 항성이나 신체적 조건 외에 외부의 환경호르몬도 영향을 끼칠 수 있고요."

모두 다 이미 들었던 말인데 환경호르몬 얘긴 처음이었다.

"그런 말씀은 해주신 적이 없잖아요."

별 이유를 다 들이댄다는 생각에 불만스러운 목소리가 튀어나왔다.

“그야 개인이 해결할 수 있는 문제도 아니고 몸에 해로운 것에 대한 거부반응이 사람마다 다르기 때문입니다. 어떤 사람에게는 아무 문제가 되지 않는 조건이 누군가에게는 치명적일 수도 있거든요.”

“제가 그런 경우라면 포기해야 한다는 말씀이신가요?”

은수의 눈가에 금세 눈물이 맺혔다.

“그렇다고 낙담하실 필요까지는 없습니다.”

의사는 당황해하며, 환경호르몬이란 자연환경에 존재하는 화학물질로써 미세먼지가 가장 심각하지만 플라스틱 용기나 전기장판, 인스턴트식품 등에서도 방출된다면서 완벽할 수는 없다는 말을 전제로 대처 방법도 얘기해줬다. 이후 은수는 외출 시에는 반드시 마스크를 썼으며 일체의 플라스틱 그릇을 사용하지 않았고 인스턴트 음식은 입에 대지도 않았다. 그러나 아무리 노력해도 결과는 여전했다. 그럴수록 더욱 철저하게 모든 걸 지키면서 빠지지 않고 병원에 다녔다. 은수는 본시 성질 급하기로 따라올 사람이 없었는데 아기 문제만큼은 지칠 줄 모르는 집념을 보여 남편이 다시 반대할 엄두도 내지 못했다.

*

그렇게 일 년여의 세월이 지나고 봄이 다시 찾아왔다. 사무실 앞 백목련이 가지마다 뾰족뾰족한 꽃봉오리를 올려내더니 조금씩 조금씩 껍질을 밀어내고 뽀얀 자태를 드러내고 있다. 은수는 오늘도 출근 전 병원에 들러 채혈을 하고 왔다. 열한 시쯤 전화해보라고 했지만 결과가 좋으면 어떻게든 연락을 해주겠지 하는 마음에서 참고 기다렸다. 희망의 끈을 놓아야 할지도 모른다는 불안감 때문인지도 모른다. 거침없는 시곗바늘이 열한 시를 넘어선 지도 한참이 지났으나 병원에서는 연락이 없다.

무심코 보는 척 시계를 보니 작은 바늘이 오른쪽으로 한 칸이나 더 가 있다. 애써 무덤덤한 표정을 지었으나 가슴 한복판에서 절망감과 함께 분노마저 솟구쳤다. 조금 전까지 살아있음을 알리던 창밖 백목련 꽃봉오리가 슬픈 사연을 담은 종이학 같다고 생각하는 찰나, 주머니에서 드르륵거리는 진동이 울리고 왠지 온몸이 오싹했다. 발신지를 확인하니 아니나 다를까 병원이었다. 후다닥 사무실 밖으로 나가는데 가슴이 사정없이 뛰었다.

"차은수 님이시죠?"

무척이나 친절하고 밝은 음성이다. 간신히 그렇다고 대답하자 왜 전화하지 않았느냐고 나무라는데 웃음 지은 얼굴이 눈에 보일 정도로 부드러운 목소리였다.

"성공이에요."

간호사가 흥분에 찬 목소리로 말하고 반응을 기다렸다. 은수는 부들부들 떨리는 목소리로 예? 하고 간신히 되물었다.

"이번에 성공하셨다고요. 축하드려요."

그제야 입이 떨어졌다.

"정말이에요? 정말요? 정말 맞아요?"

묻고 또 물었다. 간호사는 그때마다 맞는다고 대답해줬다. 벅차오르는 기쁨에 배를 살짝 만져봤다. 믿을 수 없는 일이 일어났다. 아니, 드디어 자신의 아기가 엄마를 찾은 것이다. 간호사가 이것저것 주의사항과 정기검진 일자를 말해주고 전화를 끊을 때쯤 되어서야 감사하다는 말을 연거푸 했다.

한적한 곳으로 달려가 호흡을 가다듬고 남편에게 전화했다. 무슨 말부터 해야 할지 몰랐다. 떨리는 목소리로,

"자기 아빠 된대!" 하고 말하자 우당탕탕 하는 소리가 들려왔다. 잠시 후 남편이 한껏 들뜬 목소리로 말했다.

"의자가 뒤로 쓰러졌어. 우리 은수 정말 대단하다. 최고야."

"그거 봐. 내가 뭐랬어? 우리 아기는 틀림없이 찾아온다고 했잖아."

"그래, 맞아! 맞아!"

남편은 일찍 퇴근하겠다며 전화를 끊는다.

돌아와 자리에 앉았지만 좀처럼 가슴이 진정되지 않았다. 생각하면 할수록 꿈 아닌 현실을 거듭해서 꿈꾸고 있는 것만 같았다. 남편 말대로 뭔가 대단한, 자랑스러운 일을 한 것만 같기도 했다. 세상 부러울 게 아무것도 없고 모두에게 감사하다고 말하고 싶었다. 잔소리만 하던 부장에게도, 항의 전화 하는 고객에게도, 일이 많다며 툴툴거리는 앞자리 직원에게도 고마움을 전하고 싶었다. 삶은 멋지고 아름다운 거야! 라고 소리치고 싶기도 했다. 밖을 내다보니 종이학 같던 목련꽃이 다시 저마다의 생기를 가득 담고 날아와 안길 듯 미소를 짓는다. 그 옆의 단풍나무 가지에도 언제 돋아났는지 이미 셀 수 없이 많은 연둣빛 새순이 앞다퉈 머리를 내밀고 있다. 은수는 가슴을 크게 부풀리며 있는 힘껏 행복을 들이마셨다.

집에 돌아온 남편의 기쁨은 은수보다 더한 것 같았다. 온종일 일을 어떻게 했는지 모른다고 했다. 은수를 안고 한 바퀴 빙 돌리더니, "아 참! 조심해야지." 하면서 함박웃음을 터뜨렸다. 은수는 이제껏 남편이 그렇게 호탕하게 웃는 모습을 본 적이 없었다. 시댁이며 친정 식구들에게도 빠짐없이 알렸다. 남편은 축하파티를 열자며 애태우던 가족들을 불러 모았다. 친정엄마는 이제야 하느님께 진심이 전해졌나 보라며 손등으로 연신 눈을 훔쳤다.

은수는 행복했다. 병원에 가는 발걸음도 예전과는 사뭇 다르게 나는 듯 가벼웠다. 부른 배를 안고 뻐개듯 걷는 임산부에게 몇 개월째냐고 당당히 물어볼 수도 있었다. 매일매일 달라지는 풀 한 포기, 꽃 한 송이도 새로운 생명을 탄생시키는 기쁨이 무엇인지를 알려주었다. 은수는 아무리 바빠도 뛰지 않고 조심스럽게 걸어 다녔으며 좋은 것만 보려고 노력했다. 커피는 한 모금도 입에 대지 않고 음식도 골고루 과하지 않게 먹었다. 환경호르몬에도 계속 신경을 썼다. 남편은 매일 은수를 출퇴근시켜주는 것은 물론 설거

지나 집 안 청소도 도맡아서 했다.

몇 달 후 휴직을 위해 총무부장을 찾아갔다.

"얘긴 들었어요. 축하합니다."

부장은 올 줄 알았다면서 어색한 웃음을 띠고 회사일에 주인의식을 가지고 일하는 것으로 소문나 오래 근무하기를 바랐는데 서운하다고 앞질러 말했다.

"휴직한 후에 다시 나오고 싶습니다."

부장은 가타부타 말을 하지 않고 입을 다물고만 있었다. 그러더니 한참 만에 노골적으로 난처한 표정을 지으며 똑바로 바라봤다.

"뭐 그럴 수도 있겠지요. 그런데 차 과장은 우리 회사의 상황을 누구보다 잘 알고 있잖아요. 축하의 의미를 담아 보너스를 지급하면 어떻겠어요? 위로금이라 해도 좋고."

"퇴직을 말씀하시는 건가요?"

부장은 명확한 대답을 하지 않았다. 그러면서 힘들게 낳은 아기를 남의 손에 맡길 수 없는 거 아니냐는 말까지 했다. 곁에 있던 총무과장도 축하한다는 말을 반복하면서 퇴사가 기정사실인 양 분위기를 몰아갔다. 붉어진 은수의 얼굴을 보고는 스트레스가 몸에 좋을 리 없지 않냐며 위협에 가까운 충고를 하다가 슬며시 퇴사를 종용했다.

결국 회사를 그만두어야만 했다. 그동안 힘들게 병원에 다니면서도 자리를 지켜왔던 노력이 한순간에 물거품이 되고 만 것이다. 결혼 후 아이 갖기를 미루는 직장인들의 심정이 충분히 이해되었다. 남편은 서운함을 삭이지 못하는 은수에게 아기를 위해 차라리 잘된 일이라며 위로했다.

은수도 더는 미련을 갖지 않기로 하고 출산 준비에 충실했다. 운동 시간을 정해 베란다가 보이는 뒷산 산책로를 걷거나 거실에서 우주와 함께 공놀이도 했다. 아파트지만 일층이라 천만다행이었다. 축구공을 요리조리 몰아가면 우주도 신이 나서 컹컹 짖으며 뛰어다녔다. 그럴 때면 얼굴에 제법 땀도 나고 기분도 상쾌해졌다. 허리가 젖힐 만큼 배가 부르면서부터는 틈날 때마다 우주를 데리고 아파트 둘레를 가볍게 산책했다. 은수는 그렇게 이제껏 살아온 세월 중에 가장 행복한 열 달을 보냈다.

*

드디어 산달이 되었다. 아기는 수술해서 낳기로 했다.

코피를 쏟는 것만 봐도 얼굴이 파리해지는 은수였지만 아기와 빨리 만나고 싶은 마음에 수술에 대한 두려움을 잊을 수 있었다. 딸일지 아들일지는 궁금하지도 중요하지도 않았다. 그저 건강한 아기가 태어나기만을 기다렸다.

"공주님이에요."

함박눈이 내리는 어느 날 은수는 세상에서 가장 어여쁘고 눈부시게 깨끗한, 십 년이 넘도록 애타게 기다리던 아기와 만났다. 하얀 가운을 입고 하늘에서 내려온 천사 같은 간호사가 아기를 안고 와 보여줄 때 울지 않으려 하는데도 눈물이 흘렀다. 생각과 달리 눈물은 쉴 새 없이 귓불을 지나 수술대 위로 연거푸 떨어졌다. 눈을 꼭 감은 아기는 그 작은 입을 똥그랗게 벌리고 파르르 떨며 울었다. 연필로 옅게 그려놓은 것처럼 솜털 눈썹이 흐리게 보였다. 은수가 눈인사하자 울음을 그치고 한쪽 눈만 살짝 뜨더니 이내 찡그렸다.

축하해주기 위해 찾아온 가족들로 병실에는 손님이 끊이질 않았다. 은수는 아픈 배를 이끌고 신생아실에 내려갈 때면 두 시간이 넘도록 나오지 않았다. 품 안에 안고도 아기 얼굴만 바라보며 시간 가는 줄 모르게 계속 이야기를 하자 곁에 있던 다른 아기 엄마가 빙긋이 웃으면서 그렇게 좋으냐고 묻기도 했다.

아기를 그토록 예뻐하면서도 은수는 우주의 소식을 빠뜨리지 않고 물었다. 하루는 남편이 집에 다녀오더니 병실에는 들어오지 않고 은수에게 창밖을 내다보라고 전화를 했다. 왜냐고 하면서도 창가로 가자 마당 한가운데서 우주를 번쩍 들어 보이며 "이모다, 이모!" 하고 소리 질렀다. 우주는 멀뚱거리다가 마침내 꼬리를 사정없이 흔들어댔다. 우주를 보자 반갑기도 하고 엄마가 되기 전의 슬펐던 기억이 새삼스럽게 떠올라 눈물이 주르륵 흘렀다.

아기와 함께 퇴원하는 날 은수 부모와 언니가 병원에 왔다가 함께 집으로 갔다. 남편은 아기를 안고 으스대며 집 안으로 들어섰다. 문 뒤에서 기다리고 있다가 제일 먼저 은수에게 매달리려던 우주는 하마터면 사람들의 발길에 밟힐 뻔했다.

"야가 왜 이렇게 난리야."

누군가가 야단을 치자 우주가 금세 흔들어대던 꼬리를 맥없이 떨어뜨렸다.

*

아기는 방바닥이든 침대든 누워 있을 새가 없다. 한 번 안아보려면 차례를 기다려야 할 정도다. 그런데 당장 외톨이가 된 우주가 문제였다. 우주는 온 식구들이 포대기에 싸인 뭔가에 빠져 야단법석을 떠는 모습이 이상한지 슬금슬금 다가와 머리를 들이밀고 확인하려 들곤 했다. 그때마다 저리 가라며 호통을 쳤고 우주는 뻘쭘하게 되돌아갔다. 사태는 그것으로 끝나지 않았다. 아기를 보러 찾아온 친척 모두가 아기와 우주를 한집에서 키우는 것을 반대했다.

우주는 끝내 은수의 언니 집으로 가게 되었다. 헤어지기 섭섭했지만, 모르는 집도 아니고 보고 싶을 때는 언제든 볼 수 있다는 것을 위안 삼았다. 그렇게 삼 개월이 지났는데 은수 언니가 우주를 다시 데려왔다. 좁은 집인 데다가 낮 동안 비어 있는 시간이 길다 보니 똥오줌 할 것 없이 집안이 난장판이 되어 도저히 키울 수가 없다는 것이다. 할 수 없이 작은 방 베란다를 우주의 공간으로 제공하고 안 쓰는 소파 하나를 놓아주는 대신 끈으로 경계선을 만들어 거실에는 절대 넘어오지 못하게 했다.

어느 날 저녁 아기가 잠든 다음 은수가 모처럼 우주의 소파에 앉아봤다. 꼬리를 흔들어대며 반기던 우주가 예전처럼 무릎 위로 올라와 납작 엎드려 눈만 끔벅거렸다. 우주의 눈이 되어 거실을 바라봤더니 빨간 비닐줄 한 가닥을 묶어 놓았을 뿐인데도 베란다와는 확연히 구분되는, 다른 세상 같은 느낌을 주었다. 우주의 고독한 심정이 그대로 가슴에 와닿았다. 고개를 돌리자 보이는 거라곤 시커멓게 변한 뒷산과 밤하늘에 반짝거리는 별들뿐이었다.

"저 별들이 네 친구였구나."

깊은 어둠에 묻혀 우주를 더 사랑받을 수 있는 집으로 보내야겠다고 다짐했다. 곧바로 믿을 만한 주변 사람들을 대상으로 수소문한 끝에 드디어 임자를 찾았다. 신정동에 사는 시동생은 아이가 강아지를 키우고 싶어 안달인데 때마침 잘되었다며 아주 좋아했다.

또다시 우주를 떠나보내는 날 은수는 겁에 질려 바라보는 우주에게서 차마 손을 떼지 못했다. 시동생 부부는 아무 걱정하지 말고 아기나 잘 키우라고 했다. 은수도 아무려면 찬밥 취급받는 베란다 집보다는 백번 나을 거라 여기고 발을 돌렸다. 이후 수시로 시동생 식구들에게 우주 안

부를 물었으며 그때마다 아주 잘 지낸다는 얘길 듣곤 했다.

날이 갈수록 은수는 아기에게 빠졌다. 아기가 있다는 것이 이렇게 행복할 줄은 몰랐다. 몸을 뒤집는 것, 기는 것, 서는 것, 옹알이하는 것, 이유식 시작하는 것 하나하나가 경이로웠다. 그 조그만 발로 첫 발걸음을 떼는 순간 이 세상 모든 것을 다 가진 기분이었다. 더는 우주 생각 같은 건 할 겨를이 없었다.

*

어느덧 아이의 돌이 다가왔다. 주위의 관심이 폭발했지만 축하받아야 할 아이가 뭐가 뭔지도 모른 채 고생만 하게 될까 봐 잔치는 집에서 가족끼리만 모여 하기로 했다. 그래도 때마침 토요일이고 워낙 기다리던 아기이다 보니 손님은 삼십여 명이나 되었다. 은수와 남편은 생전 처음 해보는 돌잔치에 여러 날 전부터 들떠 있었다.

남편은 돌 한복을 입은 아이를 안고 연신 싱글벙글했다. 돌잡이를 늘어놓고 소리 지르고 손뼉을 치며 관심을 유도하자 아이는 작은 손을 쭉 뻗어 만년필을 잡으려 했다. 은수 언니가 다시 오만 원짜리 지폐를 잡게 하려고 무던히도 애를 썼다. 사람들이 계속 소리치며 부르자 아이는 어찌할 바를 몰라 하다가 마침내 울음을 터뜨렸다. 아이를 달래고 어르는 소리가 눈 덮인 뒷산 숲속에까지 울려 퍼졌다. 사람들은 아이를 안고 돌아가면서 사진 찍느라 야단법석이었다.

이른바 공식행사가 끝나자 끼리끼리 둘러앉아 술과 음식을 먹으면서 시끌벅적 이야기꽃을 피웠다. 편을 가른 것도 아닌데 시댁 쪽과 친정 쪽의 식구가 자연스레 나뉘었다. 몸이 열이라도 모자랄 은수가 음식을 가지러 주방으로 가는데 작은 방에서 들려오는 시댁 식구들의 얘기 중에 언뜻 '우주'라는 소리가 귓가에 스쳤다.

"마트 밖에 잠시 두었는데 그렇게 된 거예요."

"개는 절대 길을 잃어버리지 않아요. 누가 데리고 간 거지."

"그럼 보신용으로 가져간 거구만. 한 접시는 되잖아."

"아 끔찍한 소리 좀 그만 하세요. 작은형수 들어요."

은수는 하마터면 들고 있던 음식 접시를 떨어뜨릴 뻔했다. 닭장차에 갇혀 끌려가고 있는, 겁에 질린 우주의 까만 눈동자가 눈에 날아들었다. 앞이 하얘지면서 아무것도 보이지 않았다. 손이 부들부들 떨려 주춤거리고 있는데 남편이 나와 안주 가지러 간 사람이 뭐 하냐며 여전히 신이 난 얼굴로 맥주를 챙겨 갔다.

손님들이 다 돌아간 후에야 우주 이야기를 했다. 남편은 같이 걱정을 하면서도 꼭 찾게 될 거라며 은수를 안심시켰다. 우주를 잃어버린 동생에게 거침없이 화를 퍼부으려는 것을 은수가 간신히 말렸다. 그날 밤 은수는 잠을 이루지 못했다. 벌써 여러 날 지났다고 하지 않는가? 시동생 식구에게 따지기는커녕 아무 말도 하지 못했던 게 후회막심했다. 우주가 있다고 아이를 못 키우는 것은 아니었을 텐데 그 집에 보낸 게 잘못이다.

걱정 속에 파묻혀 있다가 뒷산 꼭대기가 막 밝아지기 시작하는 새벽녘에야 언뜻 잠이 들었는데 어두컴컴한 공간에서 물기를 가득 머금은 채 바라보는 까만 눈망울이 보였다. 꿈이거니 생각하고 몸을 뒤척이다가 퍼뜩 깨어났다. 창문 밖으로 고개를 돌리는 순간 베란다 유리창 밖 축대 바위 위에서 까만 눈망울이 움직이는 것을 보았기 때문이다. 잠들어 있는 남편의 품에 아이를 밀어 넣고 베란다로 나가 자세히 살폈다. 우주가 뻗정다리를 한 모습으로 멀뚱멀뚱 집을 쳐다보고 있었다. 꿈이 아니었다. 남편이 우주를 데리고 뒷산에 올라갈 때면 으레 은수를 부르며 손을 흔들던 곳이다.

눈이 마주치자 우주는 집으로 돌아와 미안하다는 듯 천천히 꼬리를 흔들었다. 은수의 눈에서 물바가지를 뒤엎어 쓴 듯 눈물이 쏟아졌다. 우주야! 하는 소리에 놀라 일어난 남편이 허겁지겁 뛰어나갔다. 은수도 쫓아나갔다. 우주의 모습은 처참하기 그지없었다. 목은 옭아매었던 철삿줄이 박힌 채 검붉은 피가 굳어 있고 꼬리는 일부러 잘랐는지 맹수에게 먹혔는지 절반 가까이 잘려져 있는 데다가 더욱 기가 막힌 건 소리를 내지 못하고 있었다. 한눈에 봐도 붙잡혀 있다가 운 좋게 도망쳐 나온 것이 분명했다.

"나쁜 새끼들!"

험한 말을 좀처럼 하지 않는 남편의 입에서 막말이 나왔다. 남편이 떨고 있는 우주를 안고 집을 향해 걸어가고 있을 때였다.

"여보슈! 남의 개에다 왜 손을 대는 거요?"

조용한 새벽길에 요란한 오토바이 소리가 나는가 싶더

니 웬 아저씨가 당장에 주먹질이라도 할 것처럼 거칠게 말하며 다가왔다.

"뭐라고요?"

남편이 대번에 남자의 멱살을 움켜쥐고 은수를 향해 빨리 112에 신고하라고 했다. 남자의 기세가 조금 꺾이는 듯했으나 여전히 미련이 남은 듯 다시 씨부렁거렸다.

"내가 십만 원을 주고 샀으니까 가져가려면 그거라도 물어주고 가쇼."

은수가 전화를 돌리자 남자는 그제야 맞잡고 있던 멱살을 재수 없다는 듯 홱 뿌리치고 철망이 묶여 있는 오토바이에 올라탔다.

동물병원이 문을 열기를 애타게 기다렸다가 아홉 시가 넘어서야 우주를 보여줄 수 있었다. 세 시간 가까이 철삿줄을 제거하고 치료를 받은 다음 목 보호대를 채워 집으로 데려왔다. 보호대가 불편하긴 해도 통증에서 해방된 우주의 몸놀림이며 걸음걸이가 한결 편안해 보였다. 우주는 접근금지의 기억이 남아 있어서인지 선뜻 아이 가까이에 오지 못했다. 아이는 신기한 듯 우주에게서 눈을 떼지 않았다.

"우주야, 이제 다시는 너를 다른 곳으로 보내지 않을 게."

은수가 우주를 품에 안고 토닥이자 곁에 있던 남편이 참고 있던 말을 끄집어낸다. 우주와 아이를 번갈아 안으면 안 된다는 것이다.

백만 송이 장미

온몸에 파스를 붙이고 생애 첫 라운딩을 위해 도로를 달리고 있다. 불과 몇 달 전까지만 해도 골프란 돈과 시간 낭비라는 철저한 구호가 있었다. 줄곧 서민으로만 살아왔기에 사치이기도 했거니와 던지기 10미터도 안 나갈 정도로 운동신경이 둔했기 때문에 감히 꿈도 꾸지 않았었다. 그런데 주위 사람들이 한결같이 나중을 위해서라도 골프 좀 배우라고 했다. 비즈니스에 필수일 뿐만 아니라 나이 들어 돈이 아무리 많아도 할 게 없으니 대비를 해두는 차원에서라도 꼭 배워야 한다는 것이었다. 특히 초등학교 동창 영태의 꼬드김에 넘어갔다.

“미선아, 오늘 네가 술 사야 하는 거 알지?”

"알았어. 근데 그 사람들은 잘 쳐?"

"십수 년은 되니까 다들 어느 정도는 치지."

오늘 만나는 팀은 영태의 후배 커플이라고 했다. 잠시 상상을 해봤다. 후배면 당연히 젊을 테고 골프 칠 정도면 경제적 수준이 높겠지? 직업은 물어보지 않았으나 보나 마나 잘나가는 사람들일 것이다. 내가 골프 레슨을 시작한 지 육 개월이나 된다. 사람들의 말과 달리 재미는커녕 여기저기 쑤시며 안 아픈 데가 없었다. 프로는 나에게 너무 못한다고 구박하며 힘을 빼고 치라고 하는데 그게 어디 내 맘대로 된단 말인가? 몇 번이나 포기하려고 했는데 영태가 일단 필드에 한번 나가보자고 했다.

"마눌님은 나랑 가는 거 아니?"

"네가 뭘 그런 걸 다 신경 쓰냐?"

그렇다. 오래전엔 영태가 날 좋아하는 줄 착각한 적도 있긴 하지만 성인이 되어서는 이성으로 대한 적이 한 번도 없다. 다만 그래도 친구라고 연락 오면 몇몇이 어울려 가끔 밥도 먹고 술도 한잔하는 정도다. 만날 때마다 골프를 배우라고 성화였고 오늘의 라운딩도 주선해주었다.

기죽지 않으려고 지난 주말 백화점에 들렀다. 골프용품

코너에 들러 모자부터 셔츠, 스커트, 양말, 운동화까지 풀 세트로 준비해야 했다. 점원은 내게 골프 옷이 잘 어울린다고 추켜세우며 능숙하게 구매를 유도했다. 꽤 비쌌으나 라운딩 나가는 비용에 비하면 아무것도 아니라고 해 눈 딱 감고 질러버렸다. 골프도 초보인데 옷차림마저 초라하게 보일 필요는 없다는 생각에서였다. 속물이라는 생각이 들어 쓴웃음이 나왔다.

클럽하우스에 도착해 옷을 갈아입고 식당으로 갔다. 영태와 후배 커플은 먼저 나와 있었다. 예상과 달리 평범한 중년 부부였다. 그때까지 난 TV에서 본 것 같은 골프 선수 모습을 상상하고 있었는데 그게 아니었다. 남자는 영태와 비슷한, 그저 그런 중년 아저씨였고 여자도 스커트가 아닌 바지 차림에 오래 입었을 법한 티셔츠를 입어 멋이라고는 찾아볼 수 없었다. 게다가 젊으리라는 예상과 달리 얼굴에 주름이 자글자글했다.

"안녕하세요. 잘 부탁드립니다."

내 인사에 그들은 살짝 목례만 할 뿐 별말이 없었다. 유창하게 말을 하거나 특별히 내게 뭔가를 묻지도 않았다. 영태가 간간이 후배와 일상적인 말을 주고받을 뿐이었다.

나는 어색한 나머지 골프에 관해 그동안 주워들은 얘기들을 늘어놓았다. 아무리 배워도 실력이 늘지 않고 힘만 들어 재미가 없다는 내 말에 여자가 반응을 보였다.

"치다 보면 달라져요. 그냥 편하게 치세요."

"……구력이 어떻게 되시나요?"

반가움에 이렇게 물으며 여자와 눈을 마주쳤다. 화장을 한 것 같기는 하지만 콤팩트도 들떠 있고 얼굴에 주근깨 같은 잡티도 많이 보였다. 나보다 열 살은 많은 것 같았다. 연상인가 보다 생각하며 얼핏 시장에서 일하는 사람 같다는 생각도 들었다.

"한 십 년쯤 되는데 저도 잘 못 쳐요."

"어머, 그럼 엄청 잘 치시겠는데요?"

친밀감 있게 물었으나 슬쩍 웃음을 흘릴 뿐 피드백이 없다. 괜히 나선 것 같아 후회스러웠다. 단연 사교적인 운동이라 생각했는데 묻는 것에만 억지로 대답하는 것 같아 불편했다. 식사 후 자리에서 일어서 나갈 때 보니 여자는 키까지 작아 맵시라고는 찾아볼 수 없었다.

티오프를 위해 영태와 후배가 가위바위보를 하고는 영태 먼저 첫 홀의 타석에 올라갔다. 멋지게 드라이브샷을 날리는가 싶더니 삑사리가 나면서 바로 앞 오른쪽 나무숲에 떨어졌다. 이어 후배의 공도 드로우가 걸리면서 좌측 해저드에 빠지고 말았다. 모두가 "첫 홀이니까!" 하면서 아쉬움을 달랬다. 레이디 타석으로 이동해 여자가 먼저 드라이브샷을 날렸는데 제법 멀리 날아갔다. 나는 호흡을 가다듬고 연습샷 한 번 하고는 망설임 없이 바로 드라이브를 쳤다. 워낙 비거리가 짧아서인지 공은 오비도 해저드도 아닌 페어웨이에 안착했다. 그래도 앞으로 나갔다는 데에 안도의 숨을 내쉬었다. 골프 예절에 관해 영태가 하도 말을 많이 해 이후에도 대부분 거리가 짧은 나는 바로 뛰어가야만 했다. 공보다 먼저 나가도 안 되지만 너무 느려 다른 사람의 샷을 방해해서는 절대 안 된다고 했기 때문이다.

하늘은 드넓고 멀리 산과 나무들은 푸르렀다. 눈 앞에 펼쳐진 새파란 잔디는 나를 토끼처럼 깡충깡충 뛰게 했다. 거리가 짧은 것이 문제였지 생각보다는 그런대로 칠 만했다. 레이디석에서 같이 치다 보니 아무래도 여자와 얘기할 시간이 많았다.

"멘탈이 장난 아니시네요. 처음 나온 사람이 어떻게 연습샷을 두 번씩이나 해요?"

무슨 말인지 바로 이해하지 못했다. 조금 지나서야 알 수 있었는데 내가 연습샷을 두 번 해보고 쳤던 모양이다. 다들 기다리는데 그러면 되겠냐는 핀잔이었다. 약간 마음이 상했다. 이런 기분으로 굳이 이런 걸 해야 하나 싶었다. 그러나 홀을 돌수록 가슴이 탁 트이면서 기분이 풀렸다. 아름다운 자연과 함께 하는 운동이어선지 절로 건강해지는 느낌이었다.

스코어 계산을 할 줄 모르는 나는 뭐가 뭔지 몰랐지만 후배 부부도 그리 골프를 잘하는 것 같지는 않았다. 9홀을 돌고 그늘집에 들렀는데 여기에선 으레 막걸리를 마신다고 했다. 가볍게 마시는 막걸리도 괜찮고 골프가 그럭저럭 즐길 만한 운동이라 생각되었다. 18홀까지 다 돌고 나서 모두로부터 상당히 잘 쳤다는 칭찬까지 들었다.

첫 라운딩 나온 사람이 밥과 술을 사야 한다는 관례대로 나는 그들이 이끄는 대로 따라갔다. 간단하게 식사를 하고 2차로 어딘가 갔는데 후배 부부가 잘 아는 집 같았다. 허름한 주점 정도 되는 곳이었다. 사장인지 종업원인지 모를 사람과 자주 상의를 하면서 술과 안주를 알아서 시켰다. 나는 큰 숙제를 끝낸 것처럼 홀가분한 마음으로 한잔했다.

여자가 내게 술을 권하며 인생 별거 아니니 너무 힘들게 살지 말라고 했다.

어느 순간 무대가 만들어지고 후배가 기타를 들고 누군가가 노래를 불렀다. 잠시 후 여자도 무대로 올라 마이크를 들었다. 곧바로 여자의 표정이 바뀌면서 감미로운 목소리가 흘러나왔다. 때론 가냘프게 때론 가창력을 과시하듯 시원스레 목청을 뽑아냈다. 표정, 몸짓 하나하나 살아있었고 환하게 웃는 얼굴로 어쩜 그리도 노래를 잘 부르는지 나는 넋을 잃고 바라봤다. 낮에 봤던 그 여자가 아닌 전혀 딴사람이었다. 움직임이 크지는 않았지만 그녀는 분명 무대를 휘젓고 있었다. 저 여자가 저렇게 아름다웠나?

눈을 비비고 다시 봤으나 무대 위의 그녀는 눈부시기만 했다. 남자는 기타를 연주하고 여자는 노래를 부르는 모습이 너무나 잘 어울렸고 행복해 보였다. 그들이 진정 부러웠다. 벌떡 일어나 손뼉을 치며 앙코르를 외쳐댔다. 그녀가 다시 조용한 목소리로 두 번째 노래를 부르기 시작했다. 이건 내가 아는 곡이었다. '백만 송이 장미'를 심수봉보다도 더 간지럽게 속삭였다. 빠알간 백만 송이 장미가 무대 위에서 황홀한 모습으로 피어나고 있었다.

백일홍

머리는 살아 움직이는데 몸의 감각이 없다. 고개를 들기도 너무 힘들고 잠깐 옆으로 돌아눕고 싶은데 뜻대로 되지 않는다. 불과 한 달 전까지만 해도 부엌에 나가 요양사가 해놓은 음식을 챙겨와 먹었었다. 다리가 좀 아프기는 해도 화장실도 혼자 다녔었다.

그런데 어느 날 갑자기 목이 붓더니 음식을 넘길 수가 없었다. 요양사가 죽을 끓여줬지만 뜨는 시늉만 하고 내놓기를 이틀 했던가? 화장실에 가려는데 팔다리에 힘이 없어 몸이 말을 듣지 않았다. 간신히 끌고 들어가기는 했으나 볼일을 보고 일어서다가 그대로 주저앉고 말았다. 겨우겨우 옷을 추스르고 변기에서 내려앉아 다시 엎어졌다. 그래도 정신을 잃지는 않았다. 기운이 없는 게 문제였지 정신은 말짱해 어떻게 해서든 방에까지는 들어가려 했으나 결국 요양사한테 들켜버리고 말았다. 옛 어른들이 '밥심'으로 산다고 했는데 그 말을 무시한 게 잘못이다. 넷째가 달려와 나를 들쳐 업고 병원으로 갔다. 노인성 질환에 목감기가 겹쳤다는데 입원도 받아주지 않고 돌려보냈다. 이후 집에서 병원용 침대에 의존하고 있다.

나는 누가 뭐래도 자존심 지키며 열심히 살아왔다고 자부한다. 아내를 먼저 보내고 다섯이나 되는 자식을 혼자 키워냈다. 젊었을 때 한 인물 해서 따르는 여자도 많았고 재혼을 권하는 사람이 여럿 있었지만 자식들을 위해서 다 마다하고 악착같이 살았다. 고등학교 교사였으나 그 월급으로 자식을 키울 수 없어 그만두고 안 해본 일이 없다.

첫째 아들은 이혼해서 혼자 사는 게 흠이지만 공무원으로 퇴직했고, 둘째는 대학교수라 잘났다고 난리고, 셋째는 태권도로 성공해 미국에서 서양 여자와 살고 있으며, 넷째는 대기업에 다니는 어엿한 직장인이다. 눈에 넣어도 안 아플 외동딸 막내는 그런대로 시집도 잘 가서 남편에게 사랑받으며 살고 있다. 이 정도면 남자 혼자서 자식을 잘 키운 것이 맞지 않는가?

내 나이 구십이 넘었지만 기억력도 전혀 문제없고 마음은 청춘이다. 다른 노인들은 치매를 두려워한다는데 나는 그럴 걱정은 없다. 지나간 세월을 돌이켜봐도 영화 필름처럼 생생하게 돌아간다. 그런데 자식들은 한 달 전 사고 후 나를 뇌사자 취급한다. 내가 고집을 부려 아직까지는 버티고 있지만 틈만 나면 나를 요양병원으로 보낼 궁리를 한다. 물론 나도 내 욕심이라는 것을 알고 있다. 자식들이 하나같이 살기 바쁜데 거동이 불편한 부모를 집에서 간호한다는 게 말이 안 된다는 것쯤은 말이다.

창밖으로 진분홍 꽃망울이 아롱지는 배롱나무가 보인다. 어릴 적 고향마을에 공동우물 뒤쪽으로 큰 배롱나무가 있었다. 그때는 배롱나무라는 이름도 몰랐고 나무껍질이 미끌미끌해서인지 미끄럼나무라고 불렀다. 유월 하순에 완두콩 같은 꽃망울이 피어나기 시작하여 백일 동안 붉은 꽃잎이 피고 지고 피고 지고 하면서 여름 한 철을 장식해 백일홍이라고 부르기도 했다. 어머니를 따라 공동우물에 갔다가 언제나 그 미끄럼나무 아래에서 놀았다. 백일홍 꽃잎을 뜯어 공중에 흩날리면 하늘가에 둥싯거리는 흰 구름이 멋진 미래를 그려줬었다.

그렇게 자라서 꿈에 그리던 선생님이 되고 결혼을 하여 아들 넷을 낳은 후 북촌에 한옥을 장만했다. 여기에서 막내로 딸을 낳고는 너무 기뻐 앞마당에 배롱나무를 심었다. 서울이라면 대부분 성냥갑 같은 아파트를 선호했지만 나는 곡선의 아름다움과 여유로운 공간, 마당이 있는 한옥이 좋았다. 아내와 함께 좀 무리를 해서 마련한 한옥 마당에 꽃과 나무를 심을 수 있어 더욱 좋았다. 이후 아내가 세상을 떠난 후 아무리 살림이 어려워도 이 집을 절대 포기하지 않았다. 특히 배롱나무는 어릴 때 꾸었던 꿈의 실현이었고 버거운 삶을 달래주는 안식처였다. 그래서 나는 이곳 내 집에서 끝까지 살다가 죽고 싶다.

거실에서 자식들이 두런거린다. 아마 내 문제를 의논하려고 모여 있을 것이다.

"아버지를 요양병원에 모셔야겠어. 저러다가 무슨 일 나면 어떡해."

"둘째 형! 근데 아버지가 싫어하시잖아. 어제도 분명하게 말씀하셨어. 빨리 나아서 일어나야겠다고. 그래서 일부러 밥도 열심히 드시는 거 같고."

"그럼 네가 모실래? 아무리 좋아진다고 해도 화장실도 못 가시잖아."

둘째와 넷째가 실랑이한다. 내가 잘 못 알아듣는 줄 알지만 천만의 말씀이다. 아무리 소곤거려도 내 귀에는 더 잘 들린다.

"자식들 집은 절대 안 가신다고 확실하게 말씀하셨어. 아버지는 당신 집, 이 집에서 사시겠다는 거야. 요양병원에도 안 가시겠다는 거고."

"서방님, 아버님 몸을 일으키기도 힘들어요. 요즘 시아버지 대소변 받아내는 며느리가 어디 있어요? 어떨 땐 정신도 없으시고 표현도 잘 못 하신다니까요."

"올케언니! 그건 아니죠. 요양사와 간병인이 다 하고, 그 사람들 휴가 갈 때만 잠깐씩 봐주면서 뭘 그래요?"

"그러는 아가씨는 아버님 기저귀 한 번이라도 갈아주신 적 있으세요?"

저것들이 멀쩡한 아비를 곁에 두고 싸움질을 하다니, 내가 제 놈들을 어떻게 키웠는데 저런단 말인가. 사지가 벌벌 떨린다.

"조용히 좀 말해요. 아버지가 들으세요. 말은 어눌하셔도 다 알아들으신단 말이에요."

딸이 주의를 주고 조금 열려 있던 방문을 마저 닫는다.

"형수님! 요양병원에 강제로 모시려다 너무 스트레스 받아 돌아가시기도 한다잖아요. 아버지가 받아들이실 시간이라도 줘야죠."

"당신이 몰라서 그래. 병원에는 의사와 간호사도 있고 목욕도 더 잘 시켜주고, 훨씬 좋을지도 몰라. 하루라도 빨리 들어가시는 게 나을 거야."

"제수씨 말이 맞다. 24시간 간병인 쓰는 건 돈도 너무 많이 들어. 병원이 훨씬 더 싸다고. 아무려면 우리보단 전문가가 돌보는 게 더 낫겠지."

"예, 아주버님! 저 혼자 있을 때 무슨 일이 있을까 봐 겁나요."

"다들 그만해! 내가 할 말이 없구나. 맏이로서 할 수 있는 게 아무것도 없다니……."

첫째가 처음으로 입을 연다. 저놈만 생각하면 가슴이 아리다. 퇴직 후 무슨 사업인가 한다더니 다 말아먹고 이혼까지 당했다. 언젠가 비가 억수같이 쏟아지는 한밤에 찾아와 혹시 돈 가진 거 있냐고 묻기에 오만 원짜리 두 장을 꺼내주며 이거라도 가져가겠냐 했더니 그걸 받아들고 그 밤중에 도로 갔던 놈이다. 그날 큰아들놈이 불쌍해 밤새 울었었다. 그런 놈이 무슨 맏아들 노릇을 할 수 있겠는가?

"오빠나 언니들 말이 다 맞아요. 내가 아버지를 잘 설득해볼게요."

아무리 조용히 말해도 다 들린다. 그런데 너희들이 모르는 게 있다. 남자로서 구십이 넘었으니 많이 살았다면 많이 산 거겠지. 그렇다고 해서 곧 죽어야 하는 건 아니야. 백 살이 넘을 수도, 아니 그보다 훨씬 더 살 수도 있어. 지금은 기력이 없어 몸을 못 쓰지만 원기가 회복되면 다시 일어설 수도 있다. 요양병원으로 들어가면 먹고 싶은 건 꿈도 못 꾸고 누워만 있어야 한다. 그야말로 산송장이지. 심지어 똥 싼다고 밥을 많이 주지도 않는다더라.

다음 날 모두 돌아가고 딸만 남았다. 밥상을 차려 들고 들어와 침대 위에 놓아준다.

"아버지, 잘못하면 기도氣道로 들어가니까 천천히 드세요."

"고맙고…… 미안하구나. ……밥맛이 꿀맛이야."

"그래요? 이렇게 잘 드시니까 곧 좋아지실 거예요. 근데 아버지! 조금 있으면 추워지잖아요. 겨울엔 한옥에서 보일러 가동도 힘들고 혹시 수도가 얼어 터질 수도 있는데, 맘 편하게 겨울 동안만 요양병원에 계시면 어떨까요? 따뜻한 봄에 다시 집으로 오시고……."

나는 눈을 감아버렸다. 딸의 눈빛을 볼 자신이 없다. 백일 동안 피는 저 배롱나무의 꽃이 완전히 질 때까지는 우리 집에 있을 수 있는 것일까? 신이여, 부디 요양병원에 들어가기 전 나를 데려가 주시오.

해설

삶의 폐허를 넘어서는 사랑의 역설

―박종휘의 단편 미학

유성호(문학평론가·한양대학교 국문과 교수)

1. 존재론적 영도零度의 인물들을 통해 수행하는 소설적 증언

박종휘 작가는 최근 들어 장편소설 『태양의 그늘』(2022)과 연작소설 『주먹 망원경』(2023)을 펴냈고, 지금 우리 앞에는 그의 새로운 단편소설집이 놓여 있다. 세 권 작품집이 연년생으로 잇따라 태어난 셈이다. 일찍이 자신의 소설 미학을 '장편'과 '연작'이라는 양식으로 수렴한 작가는 이제 단편을 통해 동시대 삶의 단면들을 다양하고 풍요롭게 펼쳐내려 한다. 우리가 보기에 그의 단편에는 등장인물들이 처한 실존적 난경難境과 그로 인한 내면적 비극성이 담겨 있는데, 말하자면 다양한 인물들이 부조리한 상황과 국면을 겪어나가는 애잔한 순간들이 여러 곳에 그려져 있는 것이다. 이처럼 작가는 동시대의 삶에 대한 해석과 판단을 수반하면서 개인과 공동체, 만남과 이별, 존재와 관계에 대한 심원한 사유를 우리에게 건네준다.

물론 그의 소설은 낱낱의 사실(fact)보다는 예술적 진실(truth)을 더욱 중시하면서 우리에게 가장 아름다운 마음의 지도地圖를 그려 보여준다. 존재론적 영도零度의 인물들을 통해 매우 중요한 소설적 증언을 수행해간다. 그 인물들은 가혹하고 신산한 현실에서 살아가면서 낭인처럼, 피해자처럼, 주변인처럼, 육신과 영혼 바닥까지 내려가는 비극적 경험을 줄곧 보여준다. 거기에 개성적이고 감각적인 그의 문장과 호흡이 얹혀, 그의 소설은 이러한 세상의 모습을 전해주는 데 매우 맞춤한 유일성과 적정성을 구비하게 된다. 이제 그 독자적인 미학의 세계 안으로 한 걸음씩 들어가 보도록 하자.

2. 구체성과 보편성을 결속한 공감적 마음의 지도

삶은 필연적 논리보다는 우연한 힘에 의해 움직이는 경

우가 훨씬 많다. 물론 예측 가능한 과정에 대해서 우리는 얼마든지 대처할 수 있지만, 그러한 해석과 판단을 무색케 하는 우연적이고 예외적인 일들은 합리성의 한계를 절감하게끔 해준다. 이처럼 이성과 탈脫이성의 힘은 삶에서는 어긋나고 비껴가면서 어둑한 양면성을 형성한다. 그래서 우리는 합리성으로 삶을 논하기도 하지만 비합리적 욕망에 대해서도 관심의 끈을 놓지 않는다. 박종휘의 소설은 아폴론적 질서와 디오니소스적 혼돈의 상호 얽힘을 중요한 서사적 축으로 삼음으로써, 삶에 대한 합리적이고 점진적인 개선 가능성보다는 이성으로 설명하기 힘든 근원적 힘에 대한 보편적 공감의 미학으로 훤칠하게 나아간다. 때로 비극적 침잠을 통해 한 시대의 속성을 부각시키는가 하면, 인간에 대한 지극한 연민으로 타자에 대한 공감 영역을 넓혀가는 모습을 건네주기도 한다. 여기서 '공감(empathy)'이란 한 개인이 타자와 연관을 맺으면서 서로 영향을 미치고 의지하며 서로를 만들어가는 상호 생성자(inter-becoming)의 관계망 속에서 형성되는 것이다. 주체와 타자가 서로 작용하고 의지하는 존재임을 깨닫고 타자의 고통에 함께 아파하거나 그의 의견이나 주장이나 감정에 자신도 그렇다고 느끼는 기분을 뜻하기도 한다. 작가는 '박종휘 스타일'의 소설적 반전反轉을 통해 동시대인이 가질 법한 공감적 마음의 지도를 선명하게 보여주고 있다.

먼저 「어느 화요일 오후」를 읽어보자. 이 작품은 일상에서 겪은 어이없는 사건으로 인한 인간적 공감의 어려움을 말하고 있다. 성재는 화요일 오후면 들르는 단골 사우나에서 생각지도 못한 큰일을 겪는다. 누군가 성재의 손을 끌어다가 면도기로 자신의 목을 자해한 것이다. 성재는 체포되어 '증거인멸 및 살인미수 특수상해'라는 혐의를 받는다. 성재는 거액의 합의금 약속을 하면서 사건에서 빠져나온다. 진짜 범인은 현실의 고통을 받다가 이러한 일을 저질렀는데 그의 형이 나머지 돈은 포기하겠다며 동생의 곤경을 해명해주었다. 택배 일 나간 사이 집이 철거되었는데 학교에서 돌아온 딸이 무너져가는 집에 곰 인형을 가지러 들어갔다가 사고를 당했다는 것이다. 이때 성재는 원래 합의금을 그대로 줄 생각에 머문다. 자신이 피해자인 그는 타자의 말할 수 없는 곤경에 대한 공감적 마음으로 상처와 몰이해, 이해와 치유, 화해와 용서의 프로세스를 아름답게 구성해간다. 그럼으로써 용서나 화해의 구체적 모습과 함께, 그것을 어떻게 회복해가야 하는지를 묻고 답하는 장면을 보여준 것이다. 또한 이 소설에 나오는 인물들은 충동적이고 일상적인 욕망의 모습을 함유하고 있다. 가령 그들은 확연한 선악이나 일관된 윤리적 계열체로 구획 지을 수 없는 속물성과 타자 지향성을 아울러 가지고 있다. 인물들끼리 우연의 힘을 빌려 얽히고설킨 그물망이 복잡한 다수의 다발로 이루어져 있는 것이다.

「괜찮아, 수고했어」의 주인공 정희주는 부사장으로부터 명예퇴직 권유를 받는다. 35년 동안 눈코 뜰 새 없이 일해온 보험회사 지점장 희주에게는 두 아이를 기르며 살림을 잘 꾸려왔다는 성취감이 있었다. 아직도 남편과 아들과 딸은 자신의 보호가 필요하다. 그러던 어느 날 희주는 친구 찬희로부터 초등학교 동창 모임에 나오라는 연락을 받는다. 거기서 명준을 다시 만난다. 같은 초등학교를 나와서 중학교에서도 같은 반으로 진학한 명준은 자신의 신발에 조약돌을 넣어주곤 했다. 그것에 관해 서로 아무 말도 나누지 않았지만, 희주는 명준과의 기억이 선명하기만 하다. 그러다가 동창들이 함께 가꾸기로 한 주말농장을 찬희와 찾았을 때 희주는 자연의 친밀감과 생명의 신비로움을 한껏 느낀다. 동창들이 인생에 대해 각각의 지혜를 설파하고 나서 희주가 제일 먼저 농막 문을 열고 나온다.

나는 신발장에 올려놓은 신발을 꺼내다가 움찔 놀랐다. 내 운동화 속에 작은 조약돌이 한 짝에 하나씩 들어 있는 것이었다. 뜨거운 여름 바람에 맞선 얼굴이 후끈 달아올랐다. 얼른 집어 주머니에 넣고는 아무렇지 않은 듯 신발을 신었다. 왁자지껄하며 뒤따라 나오는 사람들 속 명준을 슬쩍 봤으나 그는 어떤 표정도 눈길도 없었다.

명준은 수십 년이 지나 그때처럼 똑같이 희주의 신발에 조약돌을 넣어놓았다. 그때 조약돌이 부딪치며 소곤거렸다. 그리고 희주의 마음이 더없이 충만해졌다.

행복은 대단한 것이 아닌, 매일 나에게 주어지는 일상이라는 명준의 말이 다시 귓전에서 맴돌았다. 우주에서 볼 때 나는 비록 한 점도 되지 못하지만 내가 없는 우주는 존재하지 않는다. 신대륙이라도 발견한 듯 발걸음이 빨라져 어느 틈엔지 휴대전화 1번을 꾹 누르고 있었다.

희주는 "산등성이에 걸쳐진 저녁노을이 대자연의 품"을

열었을 때, "태양은 내일 또다시 떠올라 찬란한 아침을 선사할 것"임을 믿으면서 스스로에게 괜찮았다고 수고했다고 새로운 의지를 건넨다. 물론 이러한 의지는 명준에 대한 기억과 그가 건넨 조약돌의 사랑에서 비롯한 것이다. 작가가 그려낸 이러한 인간 본연의 그리움은 인간 존재의 양면성 곧 마음의 깨달음과 몸의 욕망이라는 것을 통합체로 이끌어간다. 이때 그리움은 주체가 가지는 창의적 기능의 일환으로서 작가는 이러한 속성을 통해 주체로 하여금 경험적으로 자신을 회복하고 삶 속에 남아 있는 인간으로서의 가능성을 탈환하게 해준다. 무의미한 관성의 집적으로 보이는 삶은 비로소 새로운 시간의 보고寶庫로 거듭난다. 미세하고도 역동적인 삶의 결을 탐사하고 형상화함으로써 박종휘는 그만의 근원적 그리움의 깊이를 통해 공감적 마음의 지도를 이렇게 완성한 것이다.

두 작품은 랭보(A. Rimbaud)가 노래한 "상처 없는 영혼이 어디 있으랴"라는 유명한 전언을 소설적으로 증언하면서, 우리 삶이 근원적으로 고통 속에 있는 과정임을 암시해준다. 그리고 고통을 만들어낸 상처들과 대결하면서 여전히 불모의 삶을 이어가는 이들의 모습을 담아낸다. 작가는 이 호환 불가능한 고통 속에 자신의 예술적 가능성을 부여하면서 타자 이해 과정을 연루시킨다. 지난 시절 우리 소설이 대개 역사적, 경험적 진실의 세계를 공동체적 선善이라는 방향과 함께 써나감으로써 계몽적 열정을 강하게 보여주었다면, 박종휘의 소설은 현저하게 개별적 체험을 구체화하는 방향을 취하면서 독자로 하여금 인간 보편의 존재 방식을 이해하게끔 한다. 이러한 양방향의 독해를 가능하게 하는 경험, 감각, 감수성을 모두 담고 있다는 점에서 박종휘의 소설은 주목할 만한 성취를 거두고 있다. 그렇게 박종휘의 소설은 경험적 진실성을 최적화하면서 구체성과 보편성을 결속한 공감적 마음의 지도로 우뚝하게 다가온다 할 것이다.

3. '사랑'의 승인과 균열

소설을 읽는 방식은 대개 두 가지로 나타난다. 하나는 소설 속 이야기에 경험적으로 동참하는 일이며, 다른 하나는 서사를 따라가면서 파생적 상상을 해보는 일이다. 빼어난 이야기꾼이라면 전자의 경험을 압도적으로 선사하겠지만, 내면 묘사가 많고 우의적寓意的 터치가 강한 작품이라면 후자의 독법讀法이 더 많은 경험을 선사할 것이다. 박종휘는 후자의 독법을 강하게 지지하는 소설가이다. 이색적 소재와 인물을 통해, 간명하고 단단한 문장을 통해, 우리 시대의 여러 병리적 징후가 어떻게 발원하는지를 그는 묻고 답하기 때문이다. 소설 공간 역시 다양하게 산포되어 있는데 이러한 스케일을 가진 그의 서사는 관계의 이합집산을 거듭하면서 생성되어간다. 그 과정에서 작가는 현실과 꿈의 교차를 통해 사랑에 얽힌 아름다운 서사들을 이끌어가고 있다.

「두 남자」는 '선화'와 가까운 두 남자 '윤 씨'와 '버스'에 관한 이야기이다. 일찍 시집을 간 막내딸 선화는 아이 셋을 낳고 남편과 사별하였다. 하루는 같은 마을에 사는 '윤 씨'를 시골집으로 데려왔는데 가족들 모두 그를 좋아했다. 그런데 어머니 생신에 '버스'라는 남자를 데려와 식구들을 대경실색하게 한다. '버스'를 탐탁지 않게 생각한 가족들은 돌아오는 어머니 생신에 두 남자를 대면시켜 '버스'로 하여금 제풀에 물러나게끔 하려 계획을 세운다. 그런데 생신 이튿날 산책길에 선화가 발을 헛디뎌 둑길 아래로 미끄러져 냇물에 빠지고 만다. 이때 '버스'가 쏜살같이 내리막 길을 내려가 물에 뛰어들었다. 그는 수영도 할 줄 몰랐다.

철벅철벅 젖은 신발 소리를 내면서 걷고 있는데 물 건너 안산 숲속에서 과수댁 하소연 같은 산비둘기 울음소리가 길게 들려왔다. 퍼뜩 날아드는 생각에 웃음이 새 나왔다.

"저 산비둘기가 지금 뭐라며 우는 줄 아냐?"

생각에 잠겨 있던 채화가 눈을 동그랗게 뜨고 나를 바라봤다.

"내가 좋아 사는 남자, 인연대로 살게 두소."

나는 그럴싸하게 가사를 붙여 산비둘기 울음소리를 흉내 냈다. 채화는 그제야 "저 우짖는 소리도 영락없는 선화네." 하며 깔깔거리고 웃었다. 작전을 훌훌 팽개치고 가는데 앞쪽에 젖은 옷을 걸치고 팔자걸음으로 선화를 부축하며 가는 '버스'의 모습이 눈에 들어왔다. 내가 손을 들어 가리키자 채화도 어머니도 함박웃음을 터뜨렸다.

이 장면을 보고 가족들은 선화와 '버스'의 사랑을 받아들이게 된다. 동시에 두 남자의 경쟁 구도는 와해되고, 더 강렬한 사랑에 대한 보편적 승인이 이루어진다.

「물수제비 사랑」 역시 사랑 이야기이다. 경영컨설턴트로 일하는 민희는 두 아이를 둔 가장이다. 예전 직장에서 알게 된 영수에게 여전히 사랑의 느낌을 가지고 있다. 모처럼 가정과 그녀로부터 모두 벗어나자고 떠난 동해안 거진항으로의 가을 휴가 여행길에서 민희는 다음 장면을 바라본다.

> 한 소년이 물가에 서서 제법 익숙하게 물수제비를 뜨고 있는 모습이 보였다. 손을 떠나 수면 위를 통통 튀며 달리던 돌은 얼마 가지 못해 맥없이 물속으로 사라진다.

통통 튀다가 맥없이 사라져버리는 물수제비와 민희의 사랑은 그 운명이 닮았다. 그때 하얗고 가지런한 억새가 바람에 흔들리는 모습을 본 그의 마음속 한편이 복받쳐 올라왔다. 영수에 대한 생각이 간절했다. 영수에게 다시 전화를 걸자 다른 사람이 받아 영수가 청주에서 교통사고를 당했다고 한다. 민희는 그녀에 대해 모르는 것이 너무 많음을 깨닫는다. 그때 아내로부터 아들이 응급실로 실려 갔다는 급한 전화가 걸려온다. 그렇게 '거진-청주-서울'은 '민희-영수-아내'로 변주되면서 좁혀질 수 없는 그들 사이의 거리로 번져간다. 가을 하늘은 파랗게 드높았지만, 하얀 구름 사이로 소년이 던진 작은 돌멩이는 힘을 잃은 채 물속으로 사라져가고 있었다. 여기서 '민희-영수-아내'의 트라이앵글은 균열이 가면서 물수제비처럼 수면 아래로 사라져버린다.

인간은 몸과 마음을 아울러 갖춘 존재이다. 몸이 시키는 욕망과 마음이 시키는 출렁임은 서로 방향을 예측하기 어려울 정도로 균열되어 있는지도 모른다. 박종휘의 소설은 이러한 양면성을 포괄적으로 이해하고자 한다. 인간을 통합적으로 이해한다는 것은 인간의 양면성을 불가피한 존재 방식으로 받아들인다는 것을 뜻하기 때문이다. 개인과 사회, 성聖과 속俗, 꿈과 현실을 통합적으로 파악하는 가운데 삶의 정체성을 확보해간다는 믿음이 박종휘 소설의 저류底流에 흐르고 있는 것이다. 이때 독자들은 상상적 일탈을 통해 자신이 살아온 생에 대해 다시 한번 실존적 자각을 수행하게 된다. 어떤 사랑은 한쪽의 와해와 다른 쪽의 승인으로 나아가고, 어떤 사랑은 모든 것의 균열과 소멸로 이어져간다.

4. 삶을 입체적으로 바라보게 해주는 시선의 만화경萬華鏡

최근 우리 소설은 이중의 변방에 놓여 있다. 하나는 여타 대중예술 장르로부터 경원당하고 있다는 것이고, 또 하나는 인문학의 위기라는 담론을 통해서도 홀대받고 있다는 것이다. 영화를 비롯한 자본주의 영상 미학의 총아들에 의해 현저하게 위세가 약해진 소설은 인문학으로의 담론 확장성을 암시적으로 요청받고 있다. 어쩌면 소설은 인간 욕망을 조율하는 기능을 가진 디오니소스적 언어 행위이니만큼, 인문학의 위기를 타개하는 창의적 역할을 실행해 갈 수 있을 것이다. 박종휘의 소설은 이러한 의제(agenda)를 역동적으로 던지고 있다. 인간 특유의 가치가 소외되고 배제된 폐허의 상황을 넘어 그의 소설은 인간 욕망의 덧없음과 그것의 필연적 몰락 과정을 통해 그러한 삶의 의제에 한층 육박해가고 있기 때문이다.

「오래된 기억」은 마치 카프카(F. Kafka)의 『변신』을 보는 듯하다. '나'는 누나 집에 얹혀산다. 어느 날 '나'는 분명 살아 있는데 자기 몸이 아니라 고양이로 변해 있음을 자각한다. 모든 것이 그대로인데 '나'만 예전의 모습이 아닌 것이다. 변신 다음 날 아침 경찰관이 집으로 찾아왔다. '나'는 어릴 적 가난이 싫어 부자가 되는 꿈만 꾸었다. 그 과정에서 주식투자는 끊을 수 없는 마약 그 이상이었다. 변신한 지 한 달이 되어갈 때 '나'는 스스로 세상에 먼지만도 못한 존재이고 있어서는 안 되는 '악'이었음을 고백한다. 그리고 죽음을 준비하고 실행한다.

> 나는 풀리지 않는 숙제를 끝마친 듯 묵묵히 뒷동산으로 올라갔다. 산바람이 나를 따라 휘청거린다. 모든 생명의 기운이 솟아나는 봄이라 천만다행이다. 내 몸뚱이도 무엇이든 저 생명의 일부분이 될 것이다. 꽃비가 내리고 물오른 나무의 잎사귀들이 초록빛을 흩뿌린다. 정말 죽기 좋은 계절이다. 딱 하나, 엄마 생각을 하니 가슴이 뻐근하다. 이 세상에서 나를 최고로 여기는 사람인데 효도 한번 못하고 사라지는 게 너무나 한스럽지만, 이 길이 그나마 불효를 덜하는 것이리라. 온 세상이 짙어가는 녹음으로 가득하지만, 바닥에는 가랑잎이 수북하다.

소설 마지막에는 "바라지도 않지만 죽으면 혹여 다시 꿈에서 깨어나 원래대로 돌아가는 건 아닐까?"라는 독백이 배치됨으로써, 작가는 '고양이'라는 환幻의 존재가 '인간'

이라는 실제적 존재보다 오히려 평안할지 모른다는 역설을 예비한다. 그만큼 이 작품은 인간 사회의 살벌한 경쟁과 서로에 대한 불신을 근원적으로 비판하는 소설인 셈이다.

「코비의 마음」은 유일하게 동물 우화寓話로 쓰인 소설이다. 아프리카 탄자니아 남쪽 셀루스 동물보호구역이 무대이고, 코비를 비롯한 코끼리 일가가 주인공이다. 초원이 끝없이 펼쳐진 동물의 낙원에 대한 묘사가 생명력으로 가득하다. 바오바브나무 가지 끝에서 지저귀던 노랑부리 코뿔새가 숲으로 들어가고, 독수리는 내릴 곳을 찾고, 코끼리는 하늘 높이 코를 세워 연주를 한다. 루피지 강줄기에서 잠수를 즐기던 하마와 강가의 코뿔소도 온몸으로 비를 맞이한다. 잠비와 코비 자매는 엄마 아빠 코끼리와 함께 이러한 평원의 행복과 활기를 누리며 살고 있다. 유난히 코가 길게 태어난 코비를 친구들은 부러워하고 코비는 그것을 부끄러워한다. 코비는 서서히 자신만의 세계 속에서 홀로 외로워하면서 자신감을 잃기도 한다. 코비는 언제나 "나는 너를 위해 뭐든지 할 수 있어." 하면서 약한 친구들을 돌본다. 몸이 아프거나 외로운 친구들에게 더 친절하게 대해준다. 어느 날 밀렵꾼들에게 잔혹하게 살해된 코끼리 시체를 마주하고 코비는 그들을 강물로 유인하여 복수할 계획을 세운다. 코끼리 일가와 밀렵꾼 일행 사이의 강물에서의 전투가 있었다. 코비는 그들을 얼씬거리지 못하게 복수를 한 셈이다. 이때 아빠 코끼리가 그들의 총에 맞아 죽는다. 그리고 '코비의 마음'은 그들 공동체에 전해지게 된다.

> 이후 밀림은 평화가 다시 찾아왔으며 용감한 코비네 가족 이야기는 넓고 넓은 셀루스 동물보호구역 전역에 바람을 타고 날 듯 퍼져나갔다. 가족들은 모든 동물로부터 존경을 받았으나 아빠 코끼리의 모습은 다시 볼 수가 없었다. 코비는 슬픔을 딛고 씩씩하게 성장해 두 번 다시 혼자만의 세계에 갇혀 지내지 않았고 무슨 일이든 앞장서서 해결하는 멋진 코끼리가 되었다. 허물을 벗은 나비가 날개를 활짝 펴고 하늘을 나는 것처럼.

코비 가족과 아프리카 평원으로 상징되는 생명의 세계와 밀렵꾼으로 상징되는 폭력의 세계가 대조되면서 이 작품은 삶의 가장 근원적인 가치를 입체적으로 바라보게 해준다. 허물을 벗은 나비가 날개를 활짝 펴고 나는 것처럼,

생명 지향의 마음이 비상하는 순간이 아닐 수 없다.

이처럼 박종휘 소설은 한 가닥의 사건을 중심으로 삶의 날카로운 단면을 재현해 보여준다. 그의 단편 미학은 장편이 추구하는 전체성이나 서정시가 중시하는 내포성 사이에 존재하면서 양자의 성격을 동시에 아우르고 있다. 따라서 독자들은 박종휘의 빼어난 단편을 통해 세계적 보편성을 가진 거대담론은 물론, 우리가 지나치기 쉬운 일상 국면의 정수精髓도 함께 경험하게 된다. 그만큼 그의 좋은 단편들은 그 안에 담긴 인생 단면을 통해 '내포적 전체성'에 이르는 각별한 경험을 부여하고 있다. 나아가 그의 시선은 폐허와도 같은 현실에 대하여 매우 구체적이고 보편적인 근원의 힘으로 대항한다. 그의 촉수는 생명을 담은 앵글로 폭력이 팽배한 현실을 찾아 애잔한 비애를 드러내기도 하고, 자기 탐닉에 빠지는 나르시시즘을 넘어 풍요로운 시원始原의 숲을 찾아가기도 한다. 그 점에서 그의 소설은 무의미한 관성의 집적으로 보이는 삶을 입체적으로 바라보게 해주는 시선의 만화경萬華鏡으로 다가온다 할 것이다.

5. 사랑이 만들어가는 화해와 회복의 세계

그런가 하면 박종휘의 단편은 각별한 사랑의 경험을 우리에게 건네준다. 섬세한 문체(style)를 통해 합리성의 힘과 신비성의 힘이 결속되는 과정을 산뜻하게 보여준다. 이는 최근 우리 소설이 보여준 최량의 음역音域일 것이다. 그의 소설은 사랑에 관한 단순한 호기심이나 상상적 일탈을 제공하는 것이 아니라, 인간 보편의 욕망과 그늘을 투시한 결과로서 다가온다. 그리고 그는 삶을 전체성의 차원에서 사유하는 소설의 이상理想을 보여준다. 짜임새 있는 허구를 통해 "고통과 억압에 대한 영원한 투쟁의 표현"(마르쿠제)으로 나아가고 있는 것이다. 현실에서 불가능한 존재 전환을 통해 전혀 다른 신성한 곳으로 옮겨가고자 하는 그의 의지는, 새로운 시공간으로 그 권역을 넓혔다가 다시 스스로에게 귀환하는 과정을 밟아간다.

『창조문예』 2020년 9월호 신인소설 부문 당선작이기도 한 「해후」는 불임부부의 애환과 그 과정에서 수행하는 시험관 시술, 그리고 딸아이를 얻은 부부가 겪어가는 감정의 곡선들이 아름답게 담겨 있다. 은수는 결혼 8년차인데 아이가 없다. 수차례 인공수정을 했지만 효과가 없어 시험관 시술을 시도했는데 번번이 실패였다. 아기에 대한 욕망이 더욱 강해져간 은수는 "우주 공간 어딘가에서 헤매고 있을 자신의 아기가 이번에는 꼭 찾아올 수 있게 해달라고" 기도한다. 그러던 중 남편이 까만 강아지 한 마리를 데려와 은수는 '우주'라고 이름을 짓고 강아지에게 자신을 '이모'라고 부르라고 한다. 머지않아 태어날 아기보다 먼저 강아지에게 엄마 자리를 허용할 수 없었기 때문이다. 그 과정에서 남편과 말다툼도 했는데 이는 '없는 아기'와 '우주 어딘가에 있는 아이'의 차이 때문이었다. 그러다가 임신에 성공한 은수는 아기를 낳고 우주를 다른 집에 맡긴다. 처참한 모습의 우주를 다시 만나면서 은수는 '우주 공간 어딘가에 있는 아기'를 향한 정성과 '반려견 우주'를 향한 사랑으로 두 '우주宇宙'와 나란히 해후한다. 생명이라는 큰 주제를 실현시킨 주인공은 반려견 '우주'였는데, 그 이름만큼이나 우주는 소설에 새로운 차원의 생명력을 부여하고 있다. '은수-우주-딸아이'가 이루는 사랑의 트라이앵글이 작가로 하여금 이 폐허의 시대를 애잔하게 건너가게 해주고 있다 할 것이다.

다음으로 「편견과 정의」다. '나'의 또래인 강민주 선생님은 임신 중인 스물일곱에 남편과 이혼했다. 남편의 외도와 이혼의 충격으로 그녀는 정신지체아 아들을 낳아, 아들을 향한 손길이 마치 삶의 목적인 양 아이를 보살폈다. 교사로서도 학생들을 그렇게 대했다. 양 볼에 곰보가 있지만 학생과 동료들에게 존경받는 그녀였다. 반면 '나'는 누가 봐도 불행할 이유가 없다. 외모 반듯한 남편에 공부도 제법 하는 건강한 딸이 있지 않은가. 하지만 속사정은 다르다. 남편은 사업에 실패하고 목공예 사무실을 운영하는데 노숙자, 장애인, 실직자들을 끌어들여 그곳을 숙소로 만들어 살도록 했다. 강 선생님은 자식이 장애아지만 '나'는 남편이 장애인이라는 생각이 밀려왔다. 남에게는 후하고 가족에게는 인색한 그는 무능하고 무책임한 남편이자 아버지임이 분명하다고 그녀는 생각한다. 겨울이 되어 강 선생님이 성공한 젊은 사업가와 재혼을 하게 되었다. 이때 신랑으로부터 "예쁘잖아요. 이름도 예쁘고, 마음도 예쁘고, 무엇보다 이 사람의 이 곰보가 귀엽고 예뻤어요."라는 말을 들은 '나'는 남편을 찾아간다.

그 순간에 왜 남편 생각이 났는지는 모를 일이다. (…)

그는 민정이 거라면서 만들고 있던 의자를 들어 보였다. 한 때 남편을 정신장애자로까지 몰았던 마음속에서 뜨거운 뭔가가 꿈틀거렸다. 곰보가 예쁘다는 사람도 있다. 어려운 사람을 보고 그냥 지나치지 못하는 강박관념은 아무나 가질 수 없는 아름다운 마음이 분명한데, 나와 같지 않다고 장애인으로 몬다면 이 세상에 온전한 사람이 어디 있겠는가?

그렇게 '나'는 온전한 가족 사랑을 회복한다. 제목 '편견과 정의'는 장애를 바라보는 편견, '보편적인 것이 정의'라고 굴레를 씌우는 편견에 대한 저항도 담고 있다.

그동안 한국소설은 집단적 구성원으로서의 경험과 인식이 강조되다 보니 개개인의 내밀한 욕망의 문제는 늘 밀려나곤 했다. 박종휘의 작품은 인물의 내면을 집요하게 탐사하면서 사랑에 대한 기억과 꿈을 찾아 나선다. 또한 '현재성/실체/현실'이라는 합리성의 요새를 공략하면서 삶이 불가피하게 가지는 모호한 복합성을 암시해준다. 세계 가운데 가장 소중한 것은 사랑의 흔적을 들여다보는 정성스런 시선이다. 이는 시간의 흐름을 따라 세계내적 존재로서의 삶을 투시하고 반성하려는 의미와 연관되는 것이다. 삶과 사물을 단순한 교훈적 자료로 치환하지 않고 그 안에 깃들인 시간의 파동을 통해 그것들의 존재론을 보여주려는 노력은 작가의 심안心眼을 신뢰하게끔 해준다. 결국 작가는 세계내적 존재로서 가질 법한 따뜻한 사랑의 마음을 발화하고 있는 것이다. 이처럼 그의 소설은 사랑하는 이들에 대한 지극한 마음과 성찰의 의지를 통해 사랑이 만들어가는 화해와 회복의 세계를 보여주고 있다. 그럼으로써 사랑의 역설적 가능성을 암시해준다고 할 수 있을 것이다.

6. 인간 존재의 축도縮圖로서의 단편소설

'스마트소설' 두 편도 읽어보자. 먼저 「백만 송이 장미」다. 초등학교 동창 영태의 권유로 골프를 배운 주인공 미선이 영태의 후배 부부와 함께 첫 라운딩을 나갔던 날의 짧은 기록이다. 미선은 자신에게 골프 관련 핀잔을 준 후배 부인에게 마음이 상했지만, 저녁 때 허름한 주점에서 그녀가 뛰어난 가창력으로 무대를 휘젓는 장면에 매료된다. "노래 하나로 사람이 이리 달라 보일 수 있다는 말인가?" 하는 발견을 가져다준 것은 자신도 아는 노래 '백만 송이 장미'였고, 그 순간 무대에는 빠알간 백만 송이 장미가 황홀하게 피어나고 있었다. 소설적 구성보다는 새로운 반전을 통해 시적 황홀을 가져다주는 이색적 작품이다.

「백일홍」은 아내와 사별한 후 5남매를 키운 9순 노인이 겪는 심리적 갈등을 다루었다. 어린 시절 어머니와 함께 간 공동우물 뒤에서 바라본 배롱나무는 붉은 꽃잎이 여름 한 철 동안 피고 지고를 반복한다 하여 '백일홍'이라고도 불렸다. 그는 서울 북촌에 한옥을 짓고 거기에 어린 시절의 꿈이었던 배롱나무를 심었다. 이제 거동마저 불편한 노인이 되어 자식들은 아버지 구완을 두고 옥신각신한다. 마침내 막내딸이 아버지에게 한옥은 겨울에 추우니 요양병원에 가셨다가 따뜻한 봄에 돌아오시라고 권한다. 이 집에서 살다가 죽겠다던 노인은 "백일 동안 피는 저 배롱나무의 꽃이 완전히 질 때까지는 우리 집에 있을 수 있는 것일까?" 하면서 지난날의 꿈과 죽음을 앞둔 시간 사이에서 "부디 요양병원에 들어가기 전 나를 데려가" 달라고 신에게 기도한다. 긴 서사가 짧은 구성에 함축되어 있지만, 인생론적 상처와 그로부터 얻은 노인의 성숙한 시선이 살갑게 다가온다.

어쨌든 두 편의 스마트소설에는 '장미'와 '백일홍'이라는 붉은 꽃을 제목으로 택한 공통점이 있다. 그 안에 담긴 인생이 아름다운 만큼 짧고, 황홀한 만큼 쓸쓸하다. 붉은 꽃이 지는 순간에 역설적으로 피어난 꽃이 서정시의 한 국면을 닮은 작품들이 아닌가 한다.

우리가 천천히 읽어온 것처럼, 박종휘 단편 10편은 삶을 징후적으로 알게 해주는 살아 있는 언어적 보고寶庫이다. 이번 소설집은 그러한 도정의 첨예한 증좌가 되어주면서 작가로 하여금 우리 시대의 대표 주자로 나아가게끔 해줄 것이다. 이처럼 그의 소설은 인간 존재의 축도縮圖로서의 서사를 탁월한 개성과 예술성으로 담아낸 내밀하고도 광활한 세계라 할 것이다. 그렇게 주변적 존재자들을 향한 섬세하고도 진중한 작가의 시선과 필력이 앞으로 우리 소설사에 더욱 좋은 문장과 사유로 한없이 이어져가기를 소망해본다. 우리는 폐허를 넘어서는 사랑의 역설 속에서 박종휘 작가의 그러한 소설적 개화와 진경進境을 만나게 될 것이다.

괜찮아, 수고했어

초판 1쇄 인쇄 2024년 9월 30일
초판 1쇄 발행 2024년 10월 2일

저 자 박종휘
발행인 박지연
발행처 도서출판 도화
등 록 2013년 11월 19일 제2013-000124호
주 소 서울시 송파구 중대로34길 9-3
전 화 02) 3012-1030
팩 스 02) 3012-1031
전자우편 dohwa1030@daum.net
인 쇄 유진보라

ISBN 979-11-92828-63-3 *03810
정가 15,000원

도화道化, fool는

고정적인 질서에 대한 익살맞은 비판자,
고정화된 사고의 틀을 해체한다는 뜻입니다.